nichel
11

Valeria Parrella
mosca più balena

Edizioni minimum fax
piazzale di Ponte Milvio, 28 – 00191 Roma
tel. 06.3336545 / 06.3336553 – fax 06.3336385
info@minimumfax.com
www.minimumfax.com

I edizione: maggio 2003
ISBN 88-87765-83-9

I personaggi e i fatti qui narrati sono immaginari,
è autentica invece la realtà sociale e ambientale che li produce.

La canzone "Asteco e cielo" di Enzo Avitabile
è tratta dall'album *Addò* (Compagnia delle Indie, 1996).

Illustrazione in copertina di Marina Sagona

Valeria Parrella

MOSCA PIÙ BALENA

MOSCA PIÙ BALENA

Quello che non ricordo più

Keplero era il matematico dell'imperatore Rodolfo II di Germania e il suo compito principale era quello di fare dei buoni oroscopi.

J.D. Bernal
Storia della Fisica

Quando avevo sei anni ci fu il terremoto. Ero figlia unica, scappai a piedi nudi sotto l'arco di una porta, tra i miei genitori.

"Questa è la trave portante", disse mio padre con l'aria da architetto, "qui è tranquillo".

Stavamo al buio, il giorno seguente scoprimmo che l'unica crepa veramente profonda della casa era in quella trave.

Tre mesi dopo, una famosa maga del quartiere indicò alla popolazione il giorno e l'ora della prossima scossa. La gente dormiva con la valigia sotto il letto, e sulla maga non c'era da sbagliarsi, così quando arrivò il giorno X tutti cominciarono a scendere in strada. Accesero i falò.

I miei genitori non si erano sposati in chiesa, quando ero nata avevano comprato il manuale del dottor Spock, e si sforzavano di descrivere tutti gli eventi della vita su assi cartesiani. Io avevo sentito della profezia a scuola e vedevo dal balcone i falò accesi.

"Mamma, perché non scappiamo?"

"Ma che scemenza: i maghi non esistono, la magia non esiste, nessuno può prevedere niente, perché quello che deve ancora succedere non si sa come succederà".

Io vidi Katia scendere nel cortile.

"Mamma, Katia è scesa, c'ha anche la cartella".

"Non le serve a niente quella cartella se i genitori le fanno credere in quello che non esiste: tutto ciò in cui possiamo credere è quello che si tocca e si vede".

Io guardai la trave tagliata a metà dalla crepa e mi andai a preparare la cartella; contai le penne, i quaderni, ci infilai una mutandina con ricamato sopra Martedì, e presi il mio pupazzo più potente: quello che sconfiggeva il buio di notte, e Voltaire di giorno.

La signora Russo con un completino da rifugio antiaereo ci venne a bussare.

"Signó, vi volete muovere?"

"Ma signora, per favore non diciamo sciocchezze, sedetevi che vi faccio un caffè".

"Ma quale caffè? Voi dovete scappare!"

"Signora, ragioniamo: che probabilità c'è che venga una scossa mo'? Allora dovremmo stare sempre in mezzo alla strada?"

"Ma la maga ha detto mo', tra mezz'ora".

"E voi credete alla maga? Siete una donna così coraggiosa, faticate dalla mattina alla sera, e credete a questi buffoni che si vogliono fare i soldi con la vostra superstizione?"

"Signó, ma che c'azzecca... vabbuò, fate come volete, ma almeno questa povera creatura me la dovete dare a me".

Io seguivo la conversazione, quando disse povera creatura capii che parlava di me, e andai nella stanzetta a prendere la cartella. Mia madre vedendomi allontanare disse: "Avete visto? l'avete fatta spaventare!"

Tornai nell'ingresso e tesi la mano verso la signora Russo.

Mia madre aveva la tristezza del fallimento negli occhi e l'attesa della rivincita nel cuore.

Corremmo giù: io e Katia ci trovammo vicino al falò, e per venti minuti facemmo i compiti.

Per venti minuti mio padre e mia madre discussero sull'opportunità del mio gesto; quando mia madre disse Russo, mio padre la guardò sconvolto da una distanza che non conosceva e la corresse: Rousseau, cara, si dice russó.

All'ora X ci fermammo tutti, la signora Russo mi prese in braccio.

Ci avvolse un silenzio totale, poi la terra scricchiolò, le case ondeggiarono un poco. Ci muovevamo restando fermi.

Polacchine e jeans, i miei genitori correvano sconvolti fuori dal palazzo.

***

Il dottor Spock continuò a scrivere.

I miei genitori continuavano a comprare: sulla lavatrice c'erano ammonticchiati tutti i volumi della serie "ciò che ogni bambino vorrebbe che i suoi genitori sapessero".

Quando mi sedevo sul cesso ce li avevo di fronte, e mi chiedevo come facesse questo signore, dall'America, senza avermi mai conosciuta, a sapere cosa io andavo cercando dai miei genitori. Oggi, gli chiederei di continuare la collana, e suggerirmi cosa volere che sappiano il mio uomo, il mio datore di lavoro, e ancora i miei genitori.

Allora, come unica arma avevo la stitichezza.

Eppure li guardavo con tanta fiducia, quei libri, che ad avere il coraggio di leggervi dentro, subito avrei aderito alla sua parola e avrei cominciato a pensare quello che voleva lui.

Avrei voluto essere più simile alle aspettative degli altri, tentavo di affinarne le tecniche ma era una lotta disumana.

"Non sudare".

Io ci mettevo tutta la mia concentrazione: trattenevo i pori, le ghiandole, non deglutivo, ma sudavo lo stesso.

All'esame di quinta elementare mi prese una botta di nausea tra i pensierini e il problema di matematica.

“Maestra, sto male, c’ho voglia di vomitare”.

“Ma quando mai! Nenné tu stai solo preoccupata”.

“No maestra: io devo vomitare”.

“Ti sembra a te, è normale perché stai tesa, ma tu sei brava. Fai il problema e vedi che ti passa”.

Doveva essere vero, era una spiegazione logica, e poi io ero davvero brava. Solo, ero una brava che aveva voglia di vomitare. Sentivo la zuppa di latte risalirmi in gola sotto forma di ricotta.

Mi concentrai sul triangolo; quando lessi che per fare la crema il contadino aveva sei uova, guardai disperata verso la bidella che controllava la porta. Lei, vedendomi pallida pallida, chiamò la maestra.

“Maestra, io devo vomitare”.

“No”, disse lei, e mi soffiò in faccia tutta la sigaretta, “vai a posto e finisci il problema, che ti passa”.

Io la guardavo, ma non pensavo a lei: vidi lo stomaco contrarsi, il caglio attraversarmi l’esofago, e più vero del vero lanciarsi fuori sulla cattedra, sul registro, il pavimento, il banco dei gemelli.

Mi sciacquai la bocca e risolsi il problema delle uova anche per Katia.

***

Le bidelle mi hanno salvato la vita. Rubavano sui panini, ciabattavano sciatte, però il loro caffè sul fornellino elettrico mi affascinava più di qualunque lezione. Io ero brava a scuola, ma ero brava per inerzia: il moto scaturiva dai miei e io sfruttavo quello che restava. Non avevo bisogno che le bidelle mi farcissero il panino con la versione, ma che mi ospitassero per prendere fiato.

Delle mestruazioni sapevo tutto anni prima che mi venissero. Alle mie compagne cresceva il seno, e io mitigavo la mia invidia dicendomi che non c’era attribuzione di merito in tutto quel ben di dio, perché, se un merito ce l'aveva qualcuno, erano gli estrogeni. Sapevo che quindici giorni dopo l'ovulazione, l'endometrio ti casca giù e ti vengono.

Ma non sapevo che fa male. Non sapevo che ti viene da piangere. Una bidella accolse lo smarrimento della trasformazione e mi allungò un assorbente.

Poi mi spiegò i segreti del mestiere.

"Non toccare le piante senò muoiono"

"Non fare il bagno di mare senò muori", e via dicendo.

A casa ovviamente di tutti questi pericoli letali non dissi nulla. I miei registrarono la notizia, si proposero di comunicarla al medico di base; mio padre disse che il dolore è un condizionamento sociale.

Io passai tutta la notte piegata in due, per colpa della società che non si faceva i cazzi suoi.

Appena lo seppe, la signora Russo mi fece gli auguri, e mi mise in tasca un filo di metallo intrecciato come una corda di chitarra.

"Per carità non lo dire a tua mamma. Questo quando c'hai le cose si arrugginisce. Porta fortuna. E poi, nenné, mo' t'e stà accorta".

La raccomandazione era inutile, perché non avevo ancora abbastanza seno per fare l'amore. Ma il filo, appena lo toccai si ossidò, e ancora adesso lo porto con me.

***

"L'archeologa".

Ho detto per anni che dopo il liceo avrei fatto l'archeologa: mi sembrava una buona mediazione tra tutto quello che gli altri si aspettavano da me.

Ma non era vero: io volevo fare la commessa come la mamma di Katia.

La commessa alla Upim, part-time. Tutta la vita.

Noi studiavamo la matematica, e poi alle medie la tecnica, e poi al liceo il greco, e lei sempre i giorni dispari a un certo punto si alzava e si andava a preparare per il lavoro. Io la seguivo in bagno per guardare come si truccava, ero affascinata dalla procedura.

Katia di là mi chiamava sulle analisi logiche, per lei erano la conquista, la chiave per il cambiamento. Io di logico non ci trovavo niente su quei fogli e l'unica cosa che sognavo di cambiare nella mia vita era il colore dell'ombretto. Tutti i giorni.

La mamma di Katia si truccava, chiacchierava di cose bellissime, leggere come la cipria. Cose che non andavano valutate, sulle quali non si reggeva il mondo.

Cose che non ricordo più.

Al loro posto ricordo che il predicativo del soggetto non è quello dell'oggetto, anche se può sembrarlo.

Insomma la realtà si poteva scomporre su vari livelli, mentre sulla faccia della mamma di Katia si ricomponeva perfettamente nel make-up e, senza che lei lo sapesse, nella sua parola, la parola che portava in un vortice le comari, i costumi, le diete, la scopa elettrica.

Poi se ne andava al lavoro e io, se potevo immaginarmi in un modo, mi ci immaginavo così.

Con il camice del negozio a passare per gli scaffali.

"L'archeologa", dicevo sempre, ma gli unici pezzi che avrei voluto inventariare erano i saponi, le schiume da barba, quelle per i capelli.

Avrei voluto togliermi le scarpe sotto la cassa e chiacchierare con i clienti, vedere tutti i giorni le stesse persone per quarant'anni, e a fine giornata lamentarmi del mal di schiena, delle nuove arrivate, del caldo.

"L'archeologa".

Ma tutto quello che di interessante c'era da disseppellire, da scavare e da scoprire, mi stava intorno.

***

"Sono solo tre anni: imparerai l'inglese, ti servirà. E poi, in questa città, o sei camorrista, o tieni le conoscenze, o fai il mago per televisione: non ci perdiamo niente".

Io seguii i miei all'estero sempre pensando che mi sarei inserita meglio in una di queste tre categorie che in un'università di Londra. Il problema vero non fu mai lasciare l'Italia, ma lasciare la città.

La signora Russo pianse per tre giorni la dimensione del mio dramma.

"Io non capisco", faceva mia madre, "mica è per sempre, che piangete a fare".

Ma io e la signora Russo non conoscevamo il per-sempre, conoscevamo il per-ora.

Per ora non ci saremmo viste.

"Ma se con l'aereo ci vuole meno tempo a venire da là a qua, che ad andare alla posta centrale".

A quel punto avrei potuto anche fare l'archeologa, o qualunque altra cosa. Presi diritto e mi laureai, studiando poco e senza interesse; eppure bastò così: mi mettevano a fare le cose, e io le facevo. Come un pupazzetto a corda che prende a camminare in qualunque punto, sempre allo stesso modo. Tutte le mie energie erano ormai tese a coniugare il là con il qua, e riuscii a salire sull'aereo molto più di quanto andassi alla posta, ma mi mancò sempre quella quotidiana ripetizione di gesti che mi rendeva più tollerabile la vita.

Il mio libretto universitario è l'unica testimonianza attendibile di quegli anni, e forse è anche la testimonianza più veritiera della mia vita, perché anche se tutti sapevamo che io ero *quella brava*, la mia media era normale. Una media normale.

Il resto si svolse nella comunità chiusa del campus, facevamo tutto tra di noi: molte feste, molto pericolo di restare incinte.

Io, se avevo dubbi, toccavo la corda da chitarra; si ossidò sempre. Non andai mai a seguire i convegni, le lezioni, le conferenze per cui i miei si erano trasferiti: avevo tempo solo per tornare in Italia e, una volta in città, riprendevo il discorso lì dove l'avevo interrotto a mesi di distanza.

***

La pausa pranzo, nello studio in cui iniziai a lavorare, era il momento della rincorsa all'azionista belloccio: le mie colleghe infoltivano le loro relazioni sociali.

Io andavo a pranzo con le segretarie. Se Titti non aveva smontato ancora, l'aspettavo, e mentre l'aspettavo le strizzavo lo straccio.

In uno di questi posti dove andavamo a mangiare, diciamo pure a bere, ho conosciuto Salvatore. Lui commercia in pellami, giacche di pelle, tra l'Inghilterra e il suo quartiere, che sembra Calcutta.

"Sei fidanzata?"

"Sto con uno".

Uno era Carl, ma non ne parlai mai. E non era buon gusto: era vergogna.

Mi tenni per me che Carl era direttore d'orchestra, che era tedesco, che era ebreo.

Che quando parlava con mio padre parlavano in inglese, benché non fosse la lingua di nessuno dei due, benché Carl conoscesse perfettamente l'italiano. Lo facevano per vezzo.

Non ne parlai mai perché Salvatore avrebbe capito che con Carl mi stavo raccontando una bugia. Perché lo avrei capito io. E poi perché mi piaceva sentirlo parlare: ma cosa ci siamo detti per tre mesi tutti i giorni in pausa pranzo, non lo ricordo più.

Ogni volta che io e Carl prendevamo un tassì per il teatro, io a un tratto guardavo fuori dal finestrino e mi chiedevo che cosa stava facendo Sal. Lo immaginavo in autostrada su un camion, in un motel, a Calcutta. Mi sembrava vero e facile, mentre tutto il resto era una vita indistinta che mi pioveva intorno senza volontà.

Non chiesi mai a Sal cosa facesse mentre io prendevo tutti quei tassì. E molte di queste cose non gliele chiedo neppure oggi.

***

"Forse avresti bisogno di uno psicologo", mi disse Carl.

"Forse ti servirebbe un sostegno psicologico", mi disse mio padre, "io conosco uno bravissimo".

Era uno che aveva pubblicato molto. Presi un appuntamento e andai al suo studio, pensai che mi avrebbe seccato parlare di me in inglese. Pensai un sacco di cose non necessarie.

Come al solito la realtà si scomponeva su vari livelli. Anche quella volta si ricompose all'improvviso, sulla pelata dello psicologo: aveva il riporto, lungo, serpentino, attorcigliato come un tuppo.

Allora presi dieci giorni di ferie e tornai in Italia, dissi che sarei stata ospite da Katia, che avrei contattato uno psicologo di qui.

Presi molta più roba del necessario.

Il primo pomeriggio in città trascinai Katia da una maga famosa, che compariva in tv con un gatto poggiato su un braccio.

"Signurí, le carte sono normali. Vogliamo vedere un poco la mano?"

Mano.

"Signurí, ma pure la mano è normale, voi non avete problema di niente. L'amore, siete ricambiata. I soldi, ce stà 'o nnecessario. Senza offendere nessuno, crepate di salute, ma vuje, che jate truvanno?"

Mi costò più dell'analisi e mi inferocì.

"Come cazzo fa a dire AMORE?"

"Ma che pensavi? Che ti poteva dire? Tu stai tanto disperata che credi alla maga".

"Come cazzo fa a dire NORMALE?"

"Vabbuò, quella ti voleva tranquillizzare".

"E ti sembra il modo? Le maghe non ti dovrebbero dire che vedono arrivare i fatti da lontano, gli sconvolgimenti, 'ste cose qua?"

Allora chiamai Salvatore, gli dissi di venirmi a prendere, di portarmi a fare l'amore.

Poi, da Calcutta, mandai un telegramma al lavoro per licenziarmi, scrissi una lettera a mia madre in cui le spiegavo che non sarei potuta tornare neppure un minuto, perché altrimenti avrei perso il coraggio, e lasciai Carl per telefono.

Siamo andati a vivere dalla sorella di Salvatore e da suo marito, perché a Sal non era mai venuto in mente di prendere casa da solo, e perché nessuno alla fine pensava fosse necessario.

I miei all'inizio sono inorriditi all'idea di Calcutta, della casa condivisa, ma poi l'hanno presa sul piano delle libertà individuali e lì si sono appaciati. Continuano a frequentare Carl.

Dal comodino Bukowski mi dà ragione direttamente in americano.

***

Esistono certi camici, talmente comodi, che quando li metti in estate non te li togli più.

Questo qua per esempio è così stinto e assottigliato perché lo indosso e lo lavo, metto e sciacquo, tutti i giorni. Mi ha seguito ovunque sia stata e con questo addosso posso fare tutto.

I miei viaggiano più di prima, c'è sempre un posto nuovo in cui andare, di quelli che prima-di-morire-devo-assolutamente-vedere. Questo li fa passare spesso per la città, si fermano qualche giorno e ripartono.

Io, più che per l'aereo, sono per il motorino.

"E non ci compriamo la macchina, Salvatore, pigliamoci un bel motorino".

Col motorino dove si può arrivare? Il pomeriggio al bosco, la sera al mare. E io non voglio andare oltre: io voglio restare e aspettare.

Voglio essere quella che si chiama dagli aeroporti quando si mette il primo piede a terra, quella che si chiama dall'uscita dell'autostrada. Quella che solleva il ricevitore e si sente dire: tra quindici minuti siamo là.

Quindici minuti. Allora si tratta di riaccendere sotto la pentola, menare la pasta, cacciare l'acqua dal frigo. Preparare camici freschi per chi arriva accaldato.

Alla mia tavola raccontano finché-campo-non-mi-scorderò-mai, e io li seguo, tra il caffè che sale e la tavola da sparecchiare; nel viavai faccio un'osservazione che non cambierà nulla, un'aggiunta che non aggiunge. Insomma dico cose che non occuperanno spazio nella memoria di nessuno.

Quello che dopo non ricordo più neppure io.

A volte poi, un mal di testa mi chiama da dentro, bussa alla tempia senza pietà finché non gli rispondo. Allora io, mentre mi si scioglie la bustina di aulin nel vino, vado in bagno e mi metto davanti allo specchio.

Il dolore da dietro l'occhio destro mi guarda e mi fa:

"Lo vedi che sei normale?"

Dritto dritto negli occhi

’O stuort’ mi era sempre piaciuto. Mi chiamava Guappetella perché con lui facevo la tosta. Quando ho deciso che sarei diventata la sua donna, l’ho tenuto sulla corda ancora un po’, perché non si trovasse la mangiatoia bassa.

Sua moglie mi rispettava, ci rispettavamo tutt’e due: alla fine le interessava solo che lui portasse lo stipendio delle ferrovie a casa, e che si ritirasse la sera.

E basta, poi non gli faceva più niente: ’O stuort’ mangiava da me, io gli lavavo i panni per il lavoro. Lasciata la mesata a moglie e figli ’O stuort’ spendeva tutti i soldi con me.

Ci divertivamo assai, ’O stuort’ guadagnava anche cinque milioni in un giorno se c’era la soffiata di un carico importante, o anche un rolex, uno stereo: non tornava mai a mani vuote. Andavamo a Pozzuoli a farci grandi mangiate di pesce.

’O stuort’ e Guappetella.

“Essa è cchiù bellella”... Ma a me ’O stuort’ piaceva davvero.

Ricordo quando andavo a scuola la mattina, passavo a salutare mamma che stava al braciere con le altre donne per il contrabbando, e mi trattenevo a riscaldarmi finché non lo vedevo spuntare dal vico: scendeva trascinandosi dietro la gamba destra.

Facevo il terzo anno di puericultura; con la qualifica finiva il mio corso di studi, avevo sedici anni e un corpo che faceva girare pure i preti.

Qualche professore faceva lo scemo con me, ma io non pensavo agli uomini, io guardavo le donne. Dividevamo il palazzo della scuola con altri istituti, e io guardavo le ragazze del classico, del linguistico. Erano leggere, magre, avevano poco seno, portavano il casco. Timbravano sull'autobus.

Quando c'erano le giornate di ricevimento, la zia di una compagna veniva con noi dal quartiere e prendeva informazioni per tutte. La professoressa non si sbilanciava: ognuna di noi pesava almeno venti chili più di lei.

Intanto io mi studiavo le mamme delle altre ragazze. Erano signore accompagnate dai mariti, con poco tacco, poco trucco. I professori e il preside si spezzettavano nei complimenti.

"Quella tiene i denari", faceva la zia.

Sì, sicuro ce li aveva, ma pure noi li avevamo: nel quartiere i soldi non mancavano, eppure nessuno si sentiva sussurrare "signora" così, con tutte le sillabe.

Lasciammo la scuola con la qualifica dei tre anni perché il quartiere era feroce, e soprattutto era in trasformazione, non si faceva in tempo a fare i soldi che te ne dovevi fare altri: sulle logge medievali spuntavano le parabole; sotto il supportico Lopez, che non era mai cambiato da come l'avevano costruito gli spagnoli, si era aperto un centro abbronzante. L'inferno giallo.

Io non facevo mai la lampada, le signore che volevo diventare avevano la pelle dorata, a mare mettevano la protezione, non come noi, che ci sentivamo soddisfatte solo se ci facevamo rosse da non poterci mettere il reggiseno.

Quando avevo diciassette anni una mia compagna partorì una bambina alla clinica Ruesh: non si potevano avere figli se non lì, non si poteva ricevere il quartiere se la stanza non ti costava almeno seicentomila a notte. Era nata di quattro chili e per uscire aveva stracciato tutto. La mia amica con quindici punti di sutura l'allattava e la bimba si attaccava al seno, lo mordeva, la faceva piangere.

"È cattiva".

"No", disse il dottore, "non è cattiva, è che la vita per sopravvivere farebbe qualsiasi cosa".

Quella sera tornai e mi misi con lo Stuort'.

Mi piaceva davvero, ma gli presi più di quanto gli diedi. Era lo scotto da pagare per avere una donna di diciassette anni se ne hai trentacinque. Io non avevo padre, e il quartiere comunque a queste cose non guardava tanto. La moglie dello Stuort' abitava sopra a tutta la via e non si vedeva mai in giro, io invece ero inseritissima, e tutti mi chiamavano Guappetella come faceva lui.

Se io fossi stata la figlia che volevo essere, della signora che volevo diventare, allora mia madre avrebbe denunciato 'O stuort', mi avrebbe mandata a studiare all'estero. Invece mia madre disse:

"Fatte mettere a casa 'nfaccia".

Ci avevo già pensato da me: 'O stuort' mi aveva intestato un appartamento come regalo per i miei diciott'anni.

"Mettiamoci dentro i neri, così te faje 'na bella mesatella pe tte".

Tutti ci mettevano dentro i neri.

"No, ce vogl' mettere 'e studentesse, me la tengono più sistemata e pagano cchiù assai".

Anche di fuorisede, in ottanta metriquadri, ce ne andavano molte.

In estate 'O stuort' mi dava centomila al giorno, per farmi andare al mare a Baia con le mie sorelle: lui andava a timbrare in ferrovia e poi mi raggiungeva.

Invece un giorno sul suo motorino vedemmo arrivare un ragazzo del quartiere.

"'O stuort' ti manda a chiamare, l'hanno cogliut' 'mpietto".

Il proiettile si era fermato a pochi centimetri dal polmone.

Un commerciante del quartiere, il Principe, l'aveva portato da un suo medico di fiducia: uno che aveva una stanzetta sotto il policlinico vecchio, dove c'erano un po' di strumenti, un po' di medicine, e non entrava nessuno.

"È fuori pericolo, ma qua sotto, senza sala operatoria, il proiettile non lo posso levare. Se lo deve tenere così".

'O stuort' era uno tosto, il Principe non voleva guai:

"M'o teng' ccà".

Se lo lasciava in petto: io lo baciai, poi ordinai al ragazzo: "Avvisa la moglie".

Quando ringraziai il Principe lui fece mezzo giro sui tacchi: "Guappetè, l'aggio fatto sulamente pe' tte".

Lo guardai fisso fisso negli occhi e uscii.

Nel cortile del policlinico riconobbi il marito di una di quelle signore che sarei voluta diventare, si accompagnava con un dottore che chiamava *professore* e gli chiedeva del parto.

Quindi le signore che io volevo diventare non partorivano in clinica, ma in ospedale.

Da qualche parte c'era un equivoco sull'uso di questi soldi, ma non capivo dove.

'O stuort' fece la convalescenza a casa con la moglie. Quando si sparse la voce del proiettile in petto il quartiere lo ribattezzò Highlander. Io lo andai a trovare tutti i giorni, gli regalai il game boy perché non si fidava di stare a letto senza far niente.

Si rimise in attività all'inizio dell'inverno e mi regalò un cappotto di Roberto Cavalli. Era lo stilista per noi: i suoi vestiti costavano molto, avevano la pubblicità sui giornali, e portavano tutti quei maculati che da sempre nel quartiere chiamavamo eleganza.

Ma io non mi ci vidi né ambigua né trasgressiva, mi sentivo una zoccola: le signore che sarei voluta diventare vestivano abiti di Marella color panna.

Era arrivato il momento di mollare Highlander: lo feci appena finì in galera.

"Lascio tuo marito, dammi la tua carta d'identità: glielo vado a dire".

Mentre la portavo a contraffare mi fermai al bar e mandai un caffè pagato al Principe.

Il Principe. Era stato un commerciante come tanti, poi un giorno aveva aperto un negozio di abiti da cerimonia, poi ne aveva aperto un altro vicino al Museo Nazionale, poi un altro quasi di fronte al duomo.

"In città un'altra azienda come la mia la tiene solo Barbaro".

Io non avevo mai creduto che fosse un pezzo importante, ma da gregario di soldi ne aveva fatti davvero tanti ed era rispettatissimo.

Il suo negozio preferito era quello di fronte al duomo. Lo andai a cercare lì per ringraziarlo delle rose, e lo trovai che parlava sulla soglia con un vescovo.

"Principessa", disse, "un aperitivo?"

Poi lo vidi precipitarsi dentro.

"Metto la giacca".

"Ma no, Principe, nun facimm' cose complicate".

Uscì con la giacca, era davvero un bell'uomo. Mi trovai subito bene a camminargli affianco per la città. Ero alta quasi quanto lui, se mi voltavo a guardarlo vedevo il pizzetto ramato nascondersi dietro il collettone bianco della camicia.

Il Principe aveva quarant'anni, una figlia quasi della mia età, non si era fatto da solo, e adesso si godeva la vita. Potevo godermela pure io, ma non bisognava sbagliare le mosse.

Era sinceramente emozionato quando mi fece vedere il suo gioiello, una BMW Z3 gialla. Era bellissima, ma se sperava di cavarsela con la macchina si era fatto male i conti: "Che bel colore!", gli dissi.

Lui si attaccò ancora di più, mi diceva cose dolcissime, tentava prima di dirmele in italiano, poi si incartava e proseguiva in dialetto.

Lo tenevo in pugno. Se ne accorsero tutti, anche la moglie. Alle corna era abituata, ma nessuna era mai stata principessa, nemmeno lei.

Mi si accostò in macchina un giorno, una bella macchina.

"Stammi a sentire, tu mi vuoi rovinare a me? Io ti potrei essere mamma".

"E tu ti rovini per così poco? Ce ne sta pe' tutt'e ddue".

"Ma io lo voglio veramente bene".

"E si vede che non te lo sai tenere vicino, ti pensi che sono la prima?"

"Mo' mi vuole lasciare".

Io la guardai fisso fisso negli occhi, non mi interessava che lasciasse la moglie, non mi conveniva neppure cambiargli la vita, almeno non per sempre.

Ma aveva comprato un quartino a Posillipo per noi due, e io per qualche anno contavo di cucinare lì per lui.

Stavo per dirle di avere pazienza, ma poi la sfocai perché alle sue spalle una signora entrò da Marella: era scesa da un tassì.

"Non sono cazzi miei", le dissi, e non la vidi più.

Con il Principe già era tutto un altro livello, i condòmini erano molto silenziosi, molto corretti. Alcuni erano come noi, e si vedeva dall'oro, dalle gomme masticate a bocca aperta, o a bocca troppo chiusa: quelli come noi, a Posillipo si correggevano troppo.

Poi c'erano quelli come il notaio che ci aveva venduto la casa, erano radiologi, farmacisti, commercialisti, e i loro soldi avevano più valore dei nostri, anche se noi ne avevamo il doppio. Oltre quei sorrisi che ci scambiavamo c'erano circoli privati che avevano finito le tessere.

Una sera guardavamo un film a puntate e io mi accorsi che tutte le donne di quel film erano esattamente le signore che sarei voluta essere. Non so se erano le donne vere a copiare la tv o il contrario, ma le signore del mio palazzo assomigliavano a quei personaggi, allora lasciai perdere la trama e mi misi a studiare.

"Ma questa qua che tiene di diverso da me?"

"Tu sei più bella, principessa".

"E jamm': *da fuori*, che tene megli'e me?"

"'O telefonino, domani t'o pigl' pur' a tte".

Da quel momento vedemmo due film diversi, e da allora in poi, finché durò la nostra storia, fu tutto così. La protagonista entrava in una stanza e ci trovava un commercio di coca, il Principe si innervosì. "Io, a uno cu' cchesta faccia, nun ce ne dess' manco nu grammo: cu' cchesta faccia 'o ferman' appena jesce".

All'improvviso capii: parlavano italiano. Tutti parlavano per tutto il film solo italiano: senza paroloni, ma così naturalmente e senza sforzo, che io da sempre li capivo senza accorgermene. Se c'era qualche battuta in dialetto la faceva un cameriere o un meccanico per far ridere i signori.

Il giorno dopo andai dalle studentesse fuori sede. Ero di poco più grande di loro ma sembravo la loro mamma. Mi rivolsi a quella che stava da più tempo, quella che mi dava ancora duecentocinquantamila a posto letto, una specie di equocanone.

Ci organizzammo così. Io mi iscrissi a una scuola privata, in due anni avrei fatto tutto e mi sarei diplomata, la fuori sede non mi pagava più il fitto e mi dava lezione. Ventitré anni sono ancora una buona età per aggiustare una lingua.

Le ragazze dicevano che dovevo leggere molto, una matricola mi prestò dei best seller e il primo fu quello della Tamaro.

Mi sembrò un libro impossibile: se io fossi andata dove mi portava il cuore, sarei rimasta incinta a tredici anni nell'ape di Totonno il pezzaro.

“Principessa, si je capess’ addò vvuò arrivà’, je t’aiutass’”.
“Dillo in italiano”.
“Se io capissi dove vuoi arrivare ti aiuta...”
“Uno dei due va in un modo e l’altro nell’altro, questi qua sono i più complicati”.
“Lo dico io che tu sì nnata principessa, mo’ che ti pigl’ ’a carta ti metto un negozio. Lo vuoi un negozio?”
“Però una cosa pulita”.
“Lo chiamiamo ‘la Principessa di Napoli’”.
“Voglio un franchising di Marella e me la devo vedere tutta io, anche con i fornitori, con i conti, tutto”.
“Ma se ti metti il franchising nun ce può metter’ ’o nomm’ tuoje ’ncoppa”.

Lo aprii in un posto strategico, ai margini del quartiere ma dall’altro lato, facevo angolo con la strada dello shopping ufficiale, avevo due vetrine sulla strada e una finestra al primo piano. Dietro quella finestra c’ero io.

Arrivarono da Milano con loghi e merce, accolsi tutti con un sorriso che non mostrava i denti, lasciai che selezionassero loro le commesse. Mi limitai a un’unica condizione: non dovevano essere del mio quartiere.

Far firmare la busta paga falsa risultò inutilmente rischioso: a Milano il nero si chiamava formazione lavoro. Feci tutto in regola.

Avevamo solo taglie dalla 38 alla 46, se entrava qualche signora fuori misura era per controllare come mi ero sistemata. Nel quartiere invertirono la questione del nome e mi battezzarono Marella. Io non mi facevo mai vedere, né in giro, né al negozio, avevo due piccole telecamere e mi studiavo le situazioni dai monitor.

Quando il Principe veniva al negozio mi sentivo in difficoltà, per non turbare l’ambiente me lo chiamavo subito sopra.

In quel periodo avevo cominciato a frequentare delle signore conosciute in palestra: io mi distruggevo con l'aerobica per assottigliarmi il fisico da guerriero, loro erano tutte hata yoga e massaggi. Andavamo i pomeriggi insieme a prendere il tè, a volte si presentavano con le baby sitter cingalesi e i mocciosini perfetti che mi davano il lei.

"Ma no, tesoro, la marella è amica della mamma, puoi darle il tu".

Io, per istinto atavico, quando sentivo la parola *amico* affondavo la mano nella borsa e toccavo la lama a molletta che mi aveva regalato 'O stuort'.

Limitai al minimo le visite nelle case: superata la zona giorno si consumavano drammi inaspettati.

"Mamma sei una stronza puttana", gridavano i piccoli con dizione perfetta.

I mocciosi maggiori restavano chiusi in camera con il telefono in ostaggio.

Un giorno una ragazzina che da settimane mangiava solo crackers mi chiese se ero la nuova fidanzata di papà. Le mollai uno schiaffo che le fece sbattere le ossa sul parquet. Da allora diventai sua confidente e la madre per mesi riuscì a comunicarle solo attraverso di me.

Comunque decisi che tutto questo non mi riguardava: le signore che stavo diventando esistevano solo al Gambrinus con un flûte di prosecco in mano.

Una mattina era arrivata al negozio la moglie del senatore, voleva acquistare un cappotto.

Io conoscevo quella donna da sempre, ricordavo le sue ronde elettorali nel quartiere. Si chiamava Anna, come mia madre. Da quando ne avevo memoria, ogni ventisei luglio mia madre le mandava un pacco regalo di Flor-do-cafè.

"Ti trovo cambiata", mi disse.

Io le sorrisi. "Un caffè?"

Ma lei aveva voglia di sentirmi parlare.

"Stai ancora con il Principe?" Era una domanda strana perché la moglie del senatore, e il senatore, e l'ultimo segretario del senatore e l'ultimo sanpietrino del quartiere sapevano che ci eravamo lasciati.

"No, ma mi manda rose ogni settimana". Anche questo lo sapevano già tutti.

Scelse un cappotto e se lo fece mandare a casa, poi mi accarezzò la guancia.

"Salutami tua madre".

Odiai la moglie del senatore quattro giorni. Poi mi si presentò il senatore.

Venne a chiusura magazzino, con uno belloccio, più giovane di lui.

Io scendendo le scale congedai le ragazze, poi mi fermai sul terzo scalino per stabilire i giusti rapporti di forza.

"Buonasera", disse, e si chinò verso la mano. Io gliela strappai con forza.

"Il baciamano è per i preti e per i mafiosi, lei quale categoria cerca?"

"Il baciamano è anche per le signore".

"Non sono sposata".

Non mi piaceva non capire.

E poi non avevo più armi: avevo allontanato il Principe e i suoi ragazzi, la molletta dello Stuort' era diventata un portachiavi. Avevo lasciato per sempre la pelle degli stivali e il graffio delle unghie. Lo sputo del mio dialetto.

"Sono venuto a presentarle l'avvocato, mio intimo amico".

Gli tesi la mano, lo guardai dritto dritto negli occhi. Non avevo altro.

"Non oso che stringerle la mano, benché essa meriti di più".

"Accomodatevi".

"Il senatore e io siamo venuti a chiederle consiglio e, se possibile, aiuto".

Cercavano un favore, perché io di politica non capivo nulla, avevo sempre votato amnistie e condoni come mi avevano detto di fare.

"Ad aprile ci sono le elezioni".

"Senatore, lei ha sempre vinto le elezioni".

"Sì, ma adesso la situazione è diversa. Non tanto per le politiche, quanto per le amministrative, è un macello: la giunta tiene da otto anni".

Impiegai mezz'ora della mia vita per sfrattare le studentesse di persona.

"Senza preavviso?"

"Volevi un telegramma?"

"Ma non puoi aspettare almeno dopo natale?"

Ci pensai: il comitato elettorale mi serviva subito, ma il cotto sul pavimento prima di gennaio non me lo mettevano. Stavo per lasciare gli auguri e andar via, quando la stronza volle strafare:

"Ti ho prestato tutti quei libri..."

Mi rividi, intimorita, con una pila di libri patinati in mano.

"FUORI", urlai e rovesciai un cassetto pieno di mutande. "SCIÒ".

L'avvocato era consigliere uscente e delfino del senatore, e ci teneva a restare pulito: quando difendeva un boss lo faceva solo con incarichi d'ufficio. Insieme curammo l'arredamento di un piccolo fumoir dove gli uomini potessero ritirarsi per le questioni più delicate: qui il Principe versò a grammi il suo contributo alla causa.

A questo punto avrei potuto sparare fuochi d'artificio tutte le sere. Potevo fare la primadonna: erano miei ospiti. Erano tutti miei amanti putativi.

Invece decisi per il botto finale.

Invitai l'avvocato a pranzo fuori e lì gli consegnai le chiavi dell'appartamento: "Credo che tu possa fare meglio di chiunque".

"Non ti conoscevo così remissiva".

"Non mi conoscevi affatto. Ma puoi recuperare".

"Stasera?"

"Quando il partito ti lascia libero. Io sono una donna paziente".

Mi feci vedere di rado al comitato, andavo a casa per le undici al massimo, con il tassì. Vestivo con colori spenti, portai lo chignon tutto gennaio, e ci mettevo talmente tanto a truccarmi che alla fine sembravo acqua e sapone. Il senatore mi osservava: una volta incontrai il suo sguardo ed era lo sguardo di uno che ha capito e approva. A suo modo anche lui aveva lo chignon.

L'avvocato provò a portarmi a letto tre volte: ovviamente io non potevo giocare alla Maria Goretti, semplicemente lasciavo trapelare un segnale di eccezionalità.

"Stavolta è diverso", dicevo, "scusami".

Alla quarta volta lo lasciai succedere, dopo cena a casa mia: era da una vita che mi conservavo un pompino così.

Decidemmo di sposarci dopo le elezioni, poi io avrei dato il negozio in gestione, gli appartamenti in fitto, e mi sarei ritirata a fare la moglie: la carriera prevedeva viaggi, spostamenti nella capitale, e io dovevo tenermi libera per tutto questo.

Ci fu una piccola festa al comitato e brindisi sufficienti per ubriacarci.

Eppure forse avevo sbagliato i miei conti. Allenata alla fretta dell'azione, avevo creduto che per un matrimonio sarebbero bastati un uomo e una donna decisi a farlo; e non avevo pensato che io avrei dovuto prima sposare i suoi amici, il suo nome, sua madre. La sua famiglia non voleva incontrarmi: avevano preso informazioni, e il mio passato, che era la mia unica ragione, era diventato anche il mio unico ostacolo. Lui era sinceramente innamorato e il fatto lo imbarazzava, tra di noi passava sotto silenzio: se io ne tentavo un accenno, lui mi diceva: "Non è importante".

Ma potevo fidarmi di un trentacinquenne cocainomane che viveva con la mamma?

Intanto le elezioni si avvicinavano e sarebbero passate, se tutto fosse andato bene avrebbero portato una nuova ventata nella sua vita, un nuovo incoraggiamento; e gli uomini forti sentono di poter fare a meno di chiunque.

Se io fossi stata quella di un tempo avrei avvertito il pericolo come un animale, avrei caricato i muscoli e mi sarei lanciata nell'unica azione possibile, quella che si gioca la superiorità o la ritirata.

Adesso invece mi si agitavano in testa delle variabili, mi interessava anche il modo di risoluzione del problema: sentivo che qui si decideva qualcosa di nuovo e di determinante per la donna che sarei stata.

Potevo prendere le zigulì al posto della pillola.

Invece mi sedetti e aspettai.

A settantadue ore dalla chiusura della campagna elettorale mi misi un pantalone di pelle e gli occhiali scuri, chiamai il senatore al cellulare e gli diedi appuntamento all'angolo del quartiere.

"Vieni", gli aprii lo sportello da dentro, "parliamo".

Imboccai Stella, Santa Maria Antesaecula, salita Capodimonte, e mi fermai sotto l'osservatorio astronomico. Erano strade che neppure conosceva. Era gente che neppure conosceva.

"Scendi, senatore".

Camminammo per cinquanta metri negli sterpi. Sotto di noi c'erano buste, bottiglie, siringhe. Poi la città. Tutta, quanta ne era fino a mare. Pensai a Totonno il pezzaro.

"Senatore, capiscimi. I voti comprati a centomilalire. I capibastone fuori le urne. Il controllo dei timbri sulla scheda. Io questo so di politica, tu questo mi hai fatto vedere per trent'anni. Giusto? Però forse stavolta non ce ne sarà bisogno. Giusto? E perché?" Lui guardava Capri. "Non perché siamo cambiati, senatore: perché abbiamo creato un consenso vero".

Il giorno prima delle elezioni il senatore mandò una macchina a prendere mia madre.

"Vestiti di nero", le avevo detto, "sei una vedova. E parla poco".

Dalla profondità dei suoi sessant'anni mia madre non si sentiva né vecchia né vedova, ma era intelligente e capì cosa era meglio che sembrasse. Una vecchia vedova non poté fare a meno di commentare: "C'e mettimm'int'o sacchino".

La guardai male: questo di ficcarceli in tasca mi suonò come il titolo di un'operazione che mi rifiutavo di nominare.

Arrivammo a casa dei miei futuri suoceri in successione: il senatore e mia madre, io e la moglie del senatore, la pastiera di scaturchio. Il mio fidanzato era felicissimo, mia madre gli fece un gesto di benedizione del tipo "figlio mio" poi per il resto del pomeriggio la moglie del senatore le strinse le mani tra le sue.

Il senatore tenne banco tutto il tempo che fu necessario a mia suocera per studiarmi, poi sollevò il bicchiere e fece un bel brindisi.

Si sarebbe occupato lui di tutto: si poteva dare parola tra la prima tornata e il ballottaggio, lui sarebbe stato il mio testimone, che quindi l'avvocato si sbrigasse a trovarne uno per sé.

Quella sera mi riaccompagnò a casa e lo facemmo in macchina, il giorno seguente fu il giorno delle vittorie: il senatore schizzò a Roma e il mio fidanzato in consiglio al primo turno. Quando andammo in comune per dare parola un vigile urbano ci fece quasi una riverenza. Poi ci sarebbe stata da preparare una festa, perché in città doveva arrivare il presidente del consiglio a sostenere il candidato nel ballottaggio. Ma a noi oramai importava poco. Uscendo su piazza Municipio mi trovai davanti i pini, tra i pini la stazione marittima, e dietro il Vesuvio.

Fu in quel momento che mio suocero mi offrì il braccio e mi sussurrò: "*Signora*".

Scala quaranta

1.

Il trentuno agosto alle diciassette e venticinque Vera si svegliò, e ricordava ciò che aveva sognato. Era il sogno dell'airone: da quando erano arrivati al campeggio era trascorso un mese, e lei l'aveva già sognato cinque volte, ma quella fu la prima in cui lo ricordò.

L'airone che aveva visto a tredici anni, l'unico della sua vita, si era ingigantito e deformato, e tentava faticosamente di battere le ali senza mai riuscire a spiccare il volo.

Aprì gli occhi e rimase sul fianco. Guardò le mosche al di là della zanzariera e sentì che il sogno era brutto e le faceva male, allora contò le mosche e calcolò mentalmente il tempo che le sarebbe servito per riporre tutti gli abiti nelle valigie. I numeri le riuscivano facili e la rilassavano; se solo ci avesse pensato, vent'anni prima, si sarebbe iscritta a matematica. Ma non ci pensò, e sposò suo marito.

Adesso ce lo aveva affianco: era un uomo che senza russare faceva rumore. Quel pomeriggio avevano fatto sesso, a un tratto Vera si era guardata una gamba e si era distratta: di lì in poi aveva pensato ad altro.

Il bungalow aveva il piano cottura sulla veranda, Vera si preparò il caffè guardando il figlio avanzare lungo la pineta: non c'erano dubbi, non lo conosceva, non le apparteneva, non le era appartenuto mai. Lei amava i suoi figli perché chiamavano quella distanza amore.

"Mi faccio la doccia, mà".

Se non fosse stata lì a ricordare il sogno, gli avrebbe detto di non entrare così sporco di sabbia.

Aveva visto l'airone in gita scolastica, dodici ore dopo le era venuto il primo ciclo.

Era volato via lasciando una striscia rosa nell'aria.

Da allora, per dieci anni, si era trascinata quell'airone nei sogni e sempre, come nella realtà, quello d'un tratto si staccava dalla terra e scompariva.

Poi, da quando era rimasta incinta di Giulia, non l'aveva sognato più. E ora che aveva quarant'anni ricompariva, in questa vacanza.

Vera osservava la figlia crescere; poteva riflettere più su di lei che su se stessa: era madre di una ragazza di sedici anni senza sapere come, si meravigliava ancora, come sedici anni fa.

Posò la tazzina e prese le carte, per le diciotto e trenta era fissata l'ultima partita della stagione, smazzò, rovesciò trentaquattro carte e si ripeté quelle che mancavano.

"Cos'hai?", le chiese il marito prendendole una caviglia, e mettendosela in grembo.

"Ho fatto un brutto sogno".

"Ah, Giulia! Tua madre ha fatto un brutto sogno: stai a vedere che oggi perde!"

Vera rise: vinceva da dieci anni, per trenta giorni l'anno. Giulia aveva sei anni, e Luca tre: quel giorno avevano seguito ventisei formiche in fila fino al loro formicaio.

"Mamma", aveva chiesto Luca, "dove vanno adesso?"

"A dormire", aveva risposto: se ci avesse pensato avrebbe potuto inventare una storia migliore, ma non ci pensò.

Trascorse i quarantacinque minuti successivi in bagno. Asciugò il pavimento dalla doccia di Luca, raccolse i panni e poi si spogliò.

Si aggiustò le unghie, le unghie crescevano senza che lei dovesse pensarci due millimetri a settimana, si spalmò tutto il corpo di olio di cocco, poi si asciugò poco, per restare lucida.

Si raccolse i capelli, indossò un bel costume che non avrebbe mai potuto mettere in spiaggia e lo coprì con il pareo. Ci mise quindici minuti. Poi si sedette sul coperchio del water e ci restò per mezz'ora.

Guardò tutte le mattonelle.

Sentì le voci di Sandra e Dario che arrivavano per la partita, allora fece pipì e constatò da povere macchie sparute la sua precoce menopausa.

"Non è incinta, signora", aveva detto il medico, "le sta iniziando la menopausa, molto in anticipo rispetto alla media".

"Meglio", aveva risposto.

Si alzò a fatica, con il peso dell'airone nelle gambe. Allora decise di lasciare lì quel sogno, e scaricò.

Dario quel pomeriggio si era toccato in bagno pensando a Vera, quindi adesso la guardava mischiare le carte con la complicità che si riserva ai compagni di letto. Suo marito lo stesso.

Giulia assisteva alla partita, era l'ultima della stagione. Dopo tre giri la madre fu sicura di sé e le strizzò l'occhio: Giulia rise e il tavolo si innervosì.

Vera chiuse il ventaglio delle carte e si guardò le mani: non si laccava più le unghie da anni, le lucidava solo. Quando aveva messo lo smalto la prima volta, sua madre le aveva dato uno schiaffo.

Se ci avesse pensato allora, le avrebbe potuto chiedere se le voleva bene. Ma non ci pensò. Comunque la risposta sarebbe stata: certo! Chiamavano quello schiaffo amore.

Contò mentalmente le carte che rimanevano coperte, ne sarebbe potuta uscire una o un'altra, ma nessuna l'avrebbe proprio colta di sorpresa; niente la sorprendeva più del ritrovarsi a quaranta anni a quel tavolo, con un marito seduto, due figli in giro, e un airone che tornava in sonno. Gli altri iniziarono a calare, prendevano, scambiavano, lei si accese una sigaretta. Ripercorse i suoi quaranta punti indietro e avanti; quando finì di fumare li mise a terra, tutti assieme, anno dopo anno.

I tre se lo aspettavano, il marito le schioccò un bacio sulla mano: cominciarono a fare i conti.

Vera si voltò verso il campeggio spopolato e vide arrivare una zingara. Si fermerà, pensò, e mi leggerà le carte: ci troverà una chiamata superiore del destino, la leggerà ad alta voce. Così potrò alzarmi, tutti si affretteranno a passarmi la valigia, il cappello, le sigarette, presto, diranno.

Quella sera Vera nel lavandino contò settantadue cozze da pulire per l'ultima impepata.

2.

Suo marito accese la prima sigaretta mentre al tavolo vicino chiedevano il conto. Vera li ascoltava senza voltarsi: dovevano avere più o meno quindici anni e alle quattordici e venti avevano già finito di mangiare le loro pizze. Trentaquattro euro e cinquanta. Suo marito non se ne accorse: entrando in sala aveva preso il solito posto di fronte al televisore. Che non aveva il sonoro, quindi ora tutto il senso stava nel fissarlo. Aveva ordinato, sapevano già cosa, due calzoni al forno, una peroni piccola e acqua minerale. Poi la prima sigaretta.

Trentaquattro euro e cinquanta: diviso sei ragazzi fa cinque euro e settantacinque, oppure sei euro a testa con un euro e cinquanta per il cameriere. Ma forse a quindici anni non si lascia la mancia.

Forse da una tavola così si stava alzando sua figlia Giulia.

"Sabato dopo scuola ci facciamo una pizza con quelli di quinta".

"Avete un aggancio?", aveva malignato Luca.

"Non abbiamo bisogno di agganci, allora mami, ok?"

Allora ok. Se ci avesse pensato, avrebbe potuto chiederle qualcosa di quelli di quinta. Ma non ci pensò, e Giulia si attaccò al telefono.

"Mamma, quelli di quinta non ci vanno con loro, se non hanno un aggancio".

Vera non capiva perché Luca ci battesse tanto, finché non lo disse: "Io sabato pomeriggio mi vorrei vedere il gran premio con Andrea, la mamma ha detto che posso andare a mangiare da loro".

Quindi aveva creato un diversivo, gli agganci sentimentali della sorella distoglievano l'attenzione dalla sua richiesta.

E così le era stato assegnato un giorno nuovo della settimana: un sabato per uscire, mangiare fuori. I figli non c'erano. Di più: facevano quello che volevano; e Vera uguale, faceva quello che voleva. Si sollevava i capelli davanti allo specchio, li raccoglieva per scoprire le spalle finché fosse durata quell'abbronzatura, perché in fondo era fine settembre, si crepava di caldo, e a non starci attenti si incollavano i vestiti addosso per il sudore.

Il marito la guardò e le sorrise, spense la sigaretta, versò la birra, aveva una bella moglie a cui toccare le gambe sotto il tavolo e sarebbe tornato in tempo a casa per il gran premio.

Vera seguì la mano di suo marito accarezzarle il ginocchio sinistro, poi si guardò i piedi poggiati sulla traversina di legno della sedia e sotto i piedi, al livello del pavimento, vide scorrere la sua calma piatta.

Si spandeva al suolo come l'umido della campagna, navigava bassa sulle mattonelle in direzione del forno.

I ragazzi avevano impostato la divisione su un cellulare, e adesso si trovavano con dei soldi in meno da dare al cameriere.

"Ma l'ho fatto sul telefonino!"

"Senti signorina, l'hai fatto dove vuoi tu, ma voi mi dovete dare trentaquattro euro e cinquanta".

Vera si voltò. "Dovete fare cinque e settantacinque a testa".

I ragazzi riconobbero l'autorità della madre napoletana su quella della tecnologia giapponese, e rimisero mano ai portafogli.

Il cameriere le sorrise divertito, e senza fingere le guardò le gambe.

Quando i ragazzi se ne furono andati si dissero qualcosa, poi Vera decise che la sua sedia traballava troppo e si alzò per sostituirla.

"No, signora, non è la sedia che tocolea: è il pavimento".

Allora suo marito le cedette il posto, il cameriere le accostò la sedia e Vera sentì, e il cameriere pure, che il vestito le si era incollato alle cosce.

Arrivarono i calzoni, giusto il diametro della pizza diviso due. Suo marito ne afferrò uno tra i tovagliolini e gli diede il primo morso, Vera pensò che quella camicia l'aveva stirata prima di scendere, che stirare una camicia comportava venti minuti di ferro a sessanta gradi e disse: "Mangia con le posate: ti sporchi".

Erano solo tredici anni. Giulia aveva tre anni, Vera era incinta di sette mesi e stavano trasformando una storia d'amore in un matrimonio.

"Mangia con le posate", aveva detto al marito, "ti sporchi".

E suo marito aveva riconosciuto quella frase come legittima, aveva confuso, quella volta e per sempre, la sua donna con una madre, una sorella, con la donna che avrebbe partorito il suo secondo figlio. Aveva posato il profiterole nel piatto e si era pulito le dita. Se solo Vera ci avesse pensato, avrebbe potuto sorridere, ma non ci pensò.

Il cameriere si era allontanato a cercare la solidarietà del cassiere e del pizzaiolo: quella donna che lo faceva impazzire. Ora si era accesa una sigaretta, non la riusciva a guardare, eppure smaniava per portarle il conto. Alla fine lo portò a lui, ma trovò già i soldi contati sul tavolo e, a parte, la mancia.

Vera guardava dalla vetrata che dava sulla strada, suo marito consumava la sigaretta fissando la tv. Quello che di diverso c'era in quel sabato, stava per finire.

Andando via, Vera salutò il cameriere, poi subito abbassò gli occhi a terra: lui si sentì scoperto nel suo affanno, e pensò di averla imbarazzata.

Invece Vera guardava la sua calma piatta avvolgerle i passi.

3.

Non le serviva la sveglia, aveva un orologio interno preciso al secondo che la svegliava quando aveva deciso. E se non aveva deciso, la svegliava in tempo per farle ricordare ciò che aveva sognato.

Dormivano tutti mentre lei beveva il primo caffè. E quella cosa era solo sua, era la porzione di mondo rivelata solo a lei.

Poi accendeva il termoventilatore in bagno per lavarsi, quando faceva freddo: quell'anno, per natale, suo marito le avrebbe regalato la caldaia.

"Mamma ti muovi?"

"Entra, guarda".

"La fronte?"

"La ruga, ieri non ce l'avevo".

"Jà, muoviti".

"Ma è una ruga normale?"

"...Prenditi la crema e lasciami il bagno".

Quella mattina, che non era una mattina normale, e che il cielo era grigio, e che tutti facevano confusione a cercare le cose da mettere e nessuno sciacquava la tazza del latte; quella mattina Vera scoprì la sua ruga nuova, e la ruga era un punto interrogativo che le partiva dal sopracciglio e le disegnava lo zigomo fino alla guancia.

Se ci avesse pensato avrebbe potuto chiedere a suo marito una spiegazione, chiedergli perché quella forma e perché proprio a lei. Ma non ci pensò, e suo marito uscì per andare a lavorare.

"Io non lavoro mai di mattina, prima di mezzogiorno non apriamo proprio, sta solo il pizzaiuolo dentro: per avviare il forno".

"Allora passo alle nove e mezzo".

Il termoventilatore consumava molto, con duemila watt riscaldava un bagnetto di cinque metriquadri e ci volevano almeno dieci minuti.

La sera prima Vera era stata chiusa in bagno per depilarsi. Suo marito era in difficoltà: gli aveva chiesto di controllare che il forno non superasse i duecento, lui si era distratto e adesso voleva rimediare, ma non si poteva più aprire lo sportello, altrimenti la pizza si sarebbe seduta su se stessa.

Si parlavano attraverso la porta del bagno. Vera si preparava chirurgicamente al suo appuntamento: si depilava la sera prima per dare alla pelle il tempo di perdere il rossore. La crema depilatoria restava in posa dieci minuti. In dieci minuti il termoventilatore riempiva il bagno come un forno, il forno cuoceva la pizza per due terzi e ci si potevano passare due ascelle con il rasoio.

La porta del bagno divideva Vera in due: dentro c'era il corpo, il caldo, la sensualità; dall'altra parte c'era suo marito con il guantone da forno, che Vera dirigeva come dirigeva la lama sulla curva dell'inguine. Come dirigesse un concerto: perché, anche senza vederla, sapeva bene come era fatta una pizza quasi cotta.

Poi si gettò sotto la doccia.

Alle otto e cinquanta scese, in ascensore cercò di appianarsi la ruga: quella si stirò un poco, ma appena lasciò la mano, tornò a fare domande. A chiunque non fosse andato di fretta come la sua famiglia, sarebbe apparso chiaro che quella ruga non aveva una forma normale.

Svoltò per via Settembrini e fece la spesa, si guardò in tutte le vetrine, studiò gli occhi del fruttivendolo sul punto interrogativo, poi passò sotto porta San Gennaro e lì, sulla strada grande, già non la conosceva più nessuno.

Citofonò e lui rispose subito. Sola, nell'androne, posò un attimo a terra le buste della spesa. Poi le riprese e salì.

Saliva al secondo piano, ogni piano aveva due rampe da dieci scalini. Vera saliva ed erano passati trenta anni, trentuno, quasi trentacinque: Vera era trascinata giù o su per le scale, si andava in posti che non aveva scelto. Quando sentiva di non avere nulla di suo, cominciava a contare le cose: scopriva che i marmi dei gradini disegnavano anche diagonali, tra quei quadrati che vedevano tutti; trovava l'incastro dei numeri che gli adulti non guardavano. E quella simmetria era la porzione di mondo rivelata solo a lei.

In cima alla scala, le venne incontro.

Per Vera era una bella cosa, nuova: un uomo la aspettava sulla porta.

"Come stai?"

"Affannata".

"Se mi dicevi che avevi la spesa, scendevo ad aiutarti".

Lei sorrise.

Si amarono tutta la mattina: Vera a un tratto si guardò una gamba e si distrasse. Di lì in poi pensò ad altro.

Asteco e cielo

Pace e buona musica a tutti.

Enzo Avitabile, Festa di Resistenza
(Napoli, Parco Robinson,
28 settembre 2002)

tonno + gru = rettile
mosca + balena = ?

Sollevo il mento e guardo sul foglio di quello a sinistra, solo che da qua vedo le caselline da riempire, numeri e caselline, allora cerco quello a destra, ma il bastardo ha tutto l'avambraccio posato lungo il dorso del questionario, gli sussurro: "La quindici", ma quello niente, nemmeno mi guarda, stringe nel pugno il suo scudo invisibile e continua a scrivere. E come scrive. Allora cerco un po' intorno e per dove guardi intorno a me ci sono banchetti e sedioline e candidati, curvi, per file e per righe a migliaia in questo teatro tenda, come fossimo una battaglia navale. Io sono L48, molto colpito, quasi affondato. E quindi niente. Mi segno sulla mano che ho saltato la quindici e vado avanti, sulla mano perché non sono consentiti fogli, quindi, o il banchetto, o la mano.

Quando il tipo del Comune ci dice che mancano cinque minuti, sento dei sospiri angosciati e torno sulla quindici.

Allora, veloce veloce: un pesce più un uccello fanno un rettile, e questo ormai è chiaro, lo do per assodato... quindi un insetto più un mammifero fanno... un anfibio? Mi sembra che manchino gli anfibi, i molluschi, poi c'erano quelli che sembrano vermi ma fanno i figli in autonomia e quindi sono un'altra cosa...

Non ho tempo: il tipo è stato perentorio. Quando dice alt nel microfono noi dobbiamo posare le penne, come in un torneo di enigmistica, e aspettare che quelli della ditta appaltata per la prova ce le ritirino. Quindi ho poco più di un minuto per scrivere una categoria di essere vivente in questo spazio bianco, mi giro spudoratamente verso quello di destra, quasi mi alzo per superargli il braccio; l'hostess appaltata mi vede e inizia ad attraversare la sala per sgridarmi, multarmi, bacchettarmi le mani, squalificarmi dal torneo o che so io; ma quello si difende da solo: mi gira una faccia astiosa di ultratrentenne, con gli occhiali che gli scivolano dal naso per il sudore, e fa: "Ma che cazzo copi?"

Io sgrano gli occhi e urlo: "LA BALENA!"

E l'hostess: "L48!"

Ma tutte le voci sono sommerse dal microfono: "Smettetela di scrivere. Grazie a tutti, i risultati saranno pubblicati su internèt al sito del comune, e sulla Gazzetta Ufficiale del 14 ottobre. Buon giorno".

Si scatena un putiferio di merda, tutti spostano le sedioline e si sputano sulle mani per cancellarsi l'inchiostro.

L49 ricade sullo schienale stremato e si asciuga il sudore, mi guarda torvo, ma io sono contento. Perché ha avuto paura di me. Eravamo settemila, e oggi pomeriggio arrivano quelli M-Z, ma lui ha avuto paura di *me* e ha dovuto tenere per tutto il tempo lo scudo in mano.

Potevo soffiargli il posto. Poteva arrivare undicesimo e i posti sono dieci. Il decimo potevo essere io se gli riuscivo a copiare la risposta.

Gli altri quattordicimila non esistono per due come noi.

Arrassusia ne valesse 'a pena, ce appennesseme a 'o tramme pe' nun ce 'a fà 'a ppere: amma arrivà llà 'ncopp', addó fernesce-ne 'e scale, addó quanno chiove scorre, e ce 'nfunnimm' e mmane.

Tutti si riaccendono i telefonini e assaltano gli autobus, io invece me la faccio a piedi fino allo stazionamento, tanto mi sono preso la mezza giornata.

Quando la comare Carmela ci vedeva studiare diceva: "Imparateve a accuncià 'e mmachine", e forse a darle retta mo' non stavo con settecentomila al mese, in un negozio che si sa quando si apre e non si sa quando si chiude. Faccio lo slalom tra le cacche di cane fino all'Edenlandia, poi da qui comincia un muro di cinta, lungo quanto tutta la strada, che imprigiona le giostre, gli animali dello zoo, gli eucalipti del Parco Robinson, e finisce con la Mostra d'Oltremare sulla gigantografia pubblicitaria di TuttoSposa.

Allo stazionamento, mi siedo sul guardrail e aspetto che partano gli autobus. Me li guardo, poi tra il C25 e il 47 barrato vedo un manifesto. Enzo Avitabile alla Festa di Resistenza. Attraverso per andargli incontro. Mentre ancora sto leggendo le righe piccole, telefono a Emilia, la blocco, la incateno alla serata. Così stasera Enzuccio mi canta "Asteco e cielo" e io mi riconcilio con questo quartiere, dove vengo solo per concorsi e partite perdenti del Napoli.

Cambio d'itinerario: invece di prendere il 180 e arrivare subito a casa, faccio il percorso lungo e passo per la città.

Il percorso lungo prevede una metropolitana, una funicolare e un'altra metropolitana. Tra cambi e pezzi a piedi ci vogliono circa un'ora e mezza, ma oggi non mi va di cominciare a incontrare i tossici già sull'autobus, visto che poi comunque li ritrovo sotto casa.

A piazza Amedeo passo dalla metro alla funicolare e prendo un caffè. Mi raddrizzo nelle spalle e supero il varco più alto di cinque centimetri buoni.

Quando la funicolare arriva mi do un passo di fretta: che nessuno si accorga che sto facendo il giro lungo. Sì però una fretta contenuta, non la smania di quello che vive in strade che hanno un numero sulla targa, invece del nome.

Le strade del mio quartiere sembrano quelle dei film americani, dove i tassisti sfrecciano come se stessero attraversando una scacchiera. Solo che là da noi, di tassì, nemmeno l'ombra.

Mi schiaffo nell'ultimo vagoncino e mi godo l'aria condizionata nel silenzio dell'anonimato. Arrivo al Vomero. Quando scendo sono più rilassato, più educato, e mi comincia a martellare in testa la canzone che ho costretto Emilia a sentire tre volte di seguito, quando è piombata al negozio. La seconda volta che ci è piombata, perché prima aveva comprato una cuffia. Poi era venuta a cambiarla, perché secondo lei gli infissi di alluminio captavano gli infrarossi: e lei non sentiva più bene. La voleva con il filo lungo, più lungo, però celeste, o almeno color metallo. Nero no.

Io allora le avevo detto: "Ma prova almeno a sentire, ti voglio dare ragione sul colore, ma prova almeno a sentire il suono", e le avevo piazzato in cuffia "Asteco e cielo". Tre volte, tre. Mentre ascoltava chiudeva gli occhi, io la guardavo, staccando lo scotch dai cartoni, e pensavo alla mia stanza, che è così: coperta solo dal soffitto, e poi subito il cielo.

Mentre mi immergo nella metro collinare, caccio di tasca il biglietto: finora ho fatto settanta minuti di viaggio. Sta per scadere il tempo, ma tanto, con quello che mi resta, riesco senz'altro ad arrivare fino alla zona ospedaliera.

Di lì in poi, il biglietto non lo chiede più nessuno a nessuno.

Il mio quartiere ha il numero di una legge, 167. Un giorno prendo un codice e vedo che significa.

A volte gli studenti di architettura salgono sull'autobus e si fanno il giro tra i palazzi, scattano le foto dai finestrini come i giapponesi, non si azzardano a scendere. Li vedi a bocca aperta incantati dalle forme e dalla fantasia. In una di queste fantasie ci vivo io. L48 167 LOTTO 11 ISOLATO 20 SCALA A PIANO 9° ASCENSORE ROTTO. Sembra una piramide, o una vela. La vela di fronte è così vicina che il sole in mezzo non ci arriva mai, e l'acqua resta appantanata nelle pozze, e le zanzare ci torturano fino a novembre. Le vele sono collegate tra loro da una ragnatela di fili per il bucato.

"Mamma", facevo io, "fino a dove arriva casa nostra?"

"Fino a dove stanno i panni".

Allora io, nel buio, tiravo la carrucola e mi spingevo i calzini più in là.

Arrassusia, scennenno 'mmiez'a via, 'ncopp'e bbinarie 'ncuntrasse a Dio. Datame n'uocchio: nun saccio attraversà, me sentevo sulo, me ne so' fujuto da scola.

"Scusate, ma che succede?"

Io me la tiro per il giubbino.

"Aspetta, non vogliamo capire che succede?"

"Ma non ci sta già abbastanza gente? Non vogliamo entrare e basta?"

Emilia mi mette il muso, io sottoscrivo cinquemila più cinquemila e la trascino dentro; intanto continuano ad accorrere persone all'ingresso e, per ognuno che passa, Emilia allunga il muso. Un tipo fa una questione di principio bellissima, a Emilia bastano due parole per esaltarsi e fa trionfante: "Ha ragione!"

Sì, ha ragione, ma pure io che voglio solo pace e buona musica.

Mentre stiamo così impallati, riconosco il tipo accanto a me, smarrito come me.

"Tu stavi al concorso stamattina, eh?"

"Ah, sì, al riconoscimento..."

"Com'è andata?"

"Come al solito. Tu lo hai fatto quello per assistente tecnico?"

Scopriamo di avere lo stesso cognome meno una lettera, e che negli ultimi due anni ci siamo incrociati molte volte. Sempre solo alle preselezioni.

"Il più bello però è stato quello di Roma, quello per commesso parlamentare".

"Ah, che precisione, che organizzazione!"

Mi abbandono al ricordo dell'auditorium in penombra, del badge elettronico che pareva stessi già lavorando lì, della musica new age.

"Quella la mettevano per rilassarci", dico io.

Sì, non ti potevi portare acqua, né caramelle, né fazzoletti: se ti colava il naso dovevi asciugarti sul polsino, come alle elementari. Al cesso solo a prova conclusa. Però ci mettevano la musica new age per rilassarci.

"Io mo' sono tornato, mi sono fatto la stagione a Modena in un cantiere".

"E quanto hai preso?", gli faccio.

"Due milioni e due, due e quattro".

"E il mastro com'era?"

"Non l'ho conosciuto mai: passava solo con l'elicottero. Se vedevi un elicottero, quello era il mastro".

Ci salutiamo come due compagni, ma non di squadra o di partito: di guerriglia.

Mi giro intorno, Emilia è inglobata in un gruppetto e parla a mitragliatrice; intanto gli sbirri ne hanno già portati via due o tre che si erano fatti prendere la mano.

All'improvviso mi ricordo dell'affare della mosca e della balena, allora mi volto per chiedere al compagno, ma quello è già scomparso in direzione palco.

Vado a comprare due birre per cercare di blandirla. La riesco a trascinare nell'area concerto mentre lei mi dice di quiete pubblica, siae e marijuana in dosi industriali, e sta tutta accesa in faccia.

Finalmente ci sediamo sull'erba e l'erba è umida, però l'aria è calda e intorno a noi c'è tanta gente.

Le signore del quartiere, che vivono dietro qualche muro di cinta, stasera si sono scese le sedie da casa e le hanno piantate nel terreno: una vecchiarella si è sfilata le pantofole e adesso muove i piedi al ritmo del gruppo di supporto. Che sta suonando una canzone dei Metallica.

Allora io mi emoziono, perché penso che Emilia sta qua, e là dietro da qualche parte c'è anche Enzo Avitabile, e che li ho portati a conoscere, e che è proprio un bel settembre.

No, davvero: un settembre così bello che, quando respiro profondo, tra le folate di canna riesco a sentire l'odore degli eucalipti.

Asteco e cielo: o te mine o vole

Credo di avergli anche intravisto la testa riccia che sbirciava da dietro il palco, forse per vedere se eravamo assai, se ci poteva dare sul ritmo, quando uno ha urlato forte qualcosa dall'entrata, come se stesse chiamando un amico.

Poi tutti hanno cominciato a correre, si disperdevano per il parco, e quelli che c'erano più vicini ci venivano addosso e ci schiacciavano verso la recinzione. E per non cadere abbiamo iniziato a correre anche noi.

Non era quella carica che ti crolla addosso come un muro: ogni poliziotto aveva iniziato una caccia all'uomo privata.

Vedo Emilia che si ferma, che vuole capire. Ma io la tiro per il giubbino: le botte fanno male. E comunque le mazzate non si possono spiegare.

Ormai siamo sotto il muro di cinta e l'unica è salirlo, poi, arrivati su, bisogna saltare dall'altra parte; la tengo da sotto, sento che ha il jeans bagnato di erba, di birra, poi la vedo in cima, poi non la vedo più.

Il mio poliziotto personale è a portata di manganello, allora metto i piedi dove posso nel tufo. Quello potrebbe salire anche lui facilmente, ma mica ci viene da solo di là, con tutti noi; e poi forse nemmeno gli importa: quando sto quasi in cima, mi spacca il piede con un colpo e perdo la scarpa. Ma non provo dolore: o ti butti o voli.

Mentre sto in aria, tra il muro e la terra, sento un ruggito.

Atterro di fianco, mezzo metro dopo, sul cemento di una gabbia. Io ci metto un poco per capire che sono allo zoo, che questa è la vita mia, e che è la stessa di un quarto d'ora fa. Sono tutti di sotto, compagni e animali, che guardano verso l'alto, verso la cima del muro, e ci vedono spuntare senza poter indovinare da dove.

Nella voliera gli uccelli fanno un casino disperato, Emilia si arrabbia perché siamo scappati. Io penso che ha un carattere di merda, mi siedo sul casotto e li sento parlare, guardo lo zoo dall'alto. Poi sento di nuovo il ruggito: e se cadevo nel recinto dei leoni?

Dicono che è ovvio che siamo qui, e che adesso ci vengono a cercare. Io penso che si illudono: magari volessero davvero qualcosa da noi. Secondo me, invece, ne inseguono solo qualcuno per il parco, e qui non ci verranno mai.

Emilia carattere di merda finalmente si gira verso di me, e chiede come sto. Bene, anche se il piede mi fa un male atroce.

"Aspetta: ti avvicino il bidone così scendi".

"No, voglio fumare una sigaretta qua sopra. Di che si tratta?"

"Una tigre. Però, siamo scappati così: senza capire..."

Emilia è abituata fin da piccola a capire, io sono abituato fin da piccolo a scappare.

Arrassusia turnassm creature: for'a 'na loggia, 'na scala 'ncopp'o muro; e poi assittàte, co' 'e cosce int'a ringhiera: ma quando vene pateme stasera?

Non voglio scendere ora, che si vede che ho il fiatone, e la tachicardia, e che ho paura di abbassarmi il calzino, e anzi che non lo riesco nemmeno a guardare il piede: perché nel piede c'è una sofferenza che non meritavo.

Voglio fumare una sigaretta, qua sopra, nel tempo che mi serve a riprendermi, a capire perché io e questa tigre siamo messi così.

La sento sotto di me che cammina avanti e indietro: deve pesare una tonnellata. Mi viene voglia di vedere come è fatta, e come fa a stare qua dentro; di guardarla negli occhi. Intorno a me sento il fiato degli animali, nervosi per l'irruzione notturna; a un certo punto passa un elicottero, e quelli giù credono che sia la polizia per loro, e si agitano. Io penso al mastro del mio compagno, che esiste solo su un elicottero, a noi, che esistiamo solo qua, e a tutti i concorsi, e a tutti i cantieri. Penso a questa mazziata che ho pagato cinquemila per me e cinque per Emilia, e quando mi prende così: quando comincio a pensare talmente tutto che non riesco a pensare a niente, sento solo un filo di paura che si può toccare e guardare. Con quel filo mi allaccio l'ultima scarpa che mi è rimasta, e scendo.

Arrassusia mettesseme 'a pece, si no po' vene vierno e ce facimmo 'a croce, e vene 'o maletiempo, e se ne va 'a luce, e 'sta paura rinto nun ce fa truvà pace.

"Scendo solo perché devo pisciare, non mi rompete le palle con storie politiche, capito?"

Il piede si è fatto gigantesco che quasi non lo posso poggiare a terra, ed Emilia, che sa tutto anche di medicina e farmacia, dice che sarebbe stato meglio se si fosse rotta la pelle: così il sangue sarebbe uscito fuori invece di restare dentro. Io penso che sarebbe stato meglio se Enzo Avitabile avesse suonato; però non lo dico, perché anch'io, come il mio sangue, resto tutto dentro di me.

Mentre giro intorno alla gabbia per andare a conoscere la tigre, sento Emilia che rassicura uno sul mio piede.

"Ma che significa 'piede'? è il *mallèolo*".

La tigre mi guarda. Ha il pelo così corto e compatto che sembra pelle; riempie la gabbia con pochi passi, tutti uguali. Io le indico il mio piede, lo sollevo un po'.

"È il *mallèolo*", le dico.

Mi cerco un salice per la pipì, ma quando ne individuo uno adatto, ci trovo dietro un tipo che piange, allora io cerco di andar via senza farmi vedere. E penso che lo sapevo che facevo meglio a rimanere su.

Finalmente, la faccio contro un muro. Poi alzo gli occhi.

RETTILARIO

Ret-ti-la-ri-o: ma allora è qua dentro che gli uccelli si sommano con i pesci; che le bestie si accoppiano algebricamente. Cerco di guardare dalle finestre, accosto le mani e il viso ai vetri, ma quelli sono sporchi da secoli: nascondono le risposte, e lasciano trapelare solo una leggera luce viola che non dice niente. Qua dentro stamattina il sangue del tonno e quello della gru si sono mischiati in un risultato netto, preciso, riconosciuto.

E io, ci ho pisciato davanti.

Sono seduti al casotto della biglietteria, hanno trovato le sedie, il campo per il cellulare, e anche la scala per passare il muro e tornarcene a casa.

Stanno discutendo, ma Emilia vede che non è cosa, e allora non dice niente, solo mi viene incontro.

"Non ci devi camminare su questo piede!"

"Ma che significa 'piede'? è il *mallèolo*".

Lei non accusa. "Che hai fatto tutto questo tempo?"

E senza aspettare la risposta: "Vuoi mettere la caviglia sotto la pompa?"

Hanno telefonato a certi amici che sono venuti fuori con le macchine, che hanno detto che è tutto tranquillo, e ce ne possiamo andare a casa.

Allora la strategia è questa: salire uno per volta tutti, restare sulla sommità, e poi passare la scala dall'altra parte. Quelli che hanno due piedi dicono che è un'ottima idea.

Quando siamo tutti a cavalcioni sul muro, chi in un senso e chi in un altro, e dietro i Camaldoli comincia l'aurora, e ci si riesce a vedere in faccia, mi trovo davanti quello del salice, e lui ha due occhi gonfi come la mia caviglia. Io gli sorrido.

Intanto quegli amici che stanno fuori ci salutano, ci sfottono, e dicono che ci lasciano lì sopra.

Mi lascia seduto sul guardrail e fa: "Statti un momento".

Io mi sto, e la vedo scomparire dietro l'edicola, e penso che questa proprio non è stanca. E che la rassegna stampa se la può ficcare lì.

Sono sullo stesso stradone di stamattina, dall'altro lato, solo che stavolta l'autobus lo aspetto. Intorno a me comincia a muoversi qualcosa, una squadra di spazzini avanza metro dopo metro chiacchierando: ogni poco di strada si invertono di posto, quello che sta avanti passa dietro, come i ciclisti, come le anatre quando migrano. Tutte le auto che passano vanno verso sinistra, a Bagnoli, a Pozzuoli, alle fabbriche per il turno, senza prendere la tangenziale, che costa mille lire e a farla tutti i giorni è qualcosa.

Immagino anche le fibre ottiche di stamattina che iniziano il loro turno e si passano le schede, e per ogni domanda c'è un segno di grafite nera. Le leggono attentamente, numero casellina, numero casellina, così per quattordicimila volte, un lavoraccio.

Appesi a quelle fibre ci stiamo noi, come calzini tra palazzi, avanti e dietro tra i computer. Quando il mio arriva alla quindici, sgancia la molletta e mi lascia cadere giù: *o te mine, o vole*. Mentre ci do sul ritmo a terra, con il piede buono, Emilia ritorna: senza giornali e profuma di dolce.

"Senti", mi dice.

"No, senti tu: se tonno più gru è uguale a rettile, mosca più balena quanto fa?"

Lei corruga la fronte: non è una che si concede errori.

“Rettile”.

La guardo e penso che ha sparato a cazzo.

“Rettile, cioè è uguale: una cosa che vola più una cosa che nuota fanno un rettile, giusto?”

Io ci penso: non lo so se è giusto, ma almeno è una spiegazione.

E poi, ficcando mezza testa nel cartoccio che ha in mano, ricomincia: “Senti, prendo io la frolla”.

Montecarlo

1.

Salendo le tavole del lido si sfilò gli zoccoli, poi li poggiò sul bancone per liberarsi le mani e pagare: "Un caffè corretto all'anice".

Sulla macchina del bar c'era la foto incorniciata della partita contro il Porto Marghera. Tre a zero per l'Italsider.

Suo padre se lo sentiva nelle cosce che avrebbero vinto, difatti: sorrideva.

Intorno, sulle pareti di legno, i campionati: il padre a venti anni, a venticinque, a trenta. Nel '69, a ottobre: lei era nata da qualche giorno.

La quarta parete del lido era il mare.

"Tu sei Adriana, la figlia di Ciro..."

Lei sorrise: "Zio Gennaro!"

2.

"Signore, io non sono abituata a sentirmi dire *come* fare una cosa".

Quando Adriana voleva concludere una conversazione azzerava qualunque onorifico, cancellava i titoli, scordava i nomi, lasciava signore, che è il nome di chiunque. Funzionava sempre, se ne andavano con la coda tra le gambe, certi di non poter raggiungere più in alcun modo la donna terribile che si trovavano davanti.

Lei allora restava sola con la sua disciplina: entrava in ufficio per prima, usciva per ultima, svuotava da sé il cestino delle carte, non faceva mai telefonate personali, andava in bagno nella pausa pranzo. Aveva sempre una copia dei protocolli in cassaforte.

Questi, era la terza volta che tentavano di rubarli.

Il fascicolo era gonfio di immagini dall'alto, di fianco, dal mare. Trecentotredici ettari di fabbrica sono difficili da fotografare, lei allora si era procurata le carte aeree dell'esercito. Quando erano arrivate, i tecnici del Comune se le erano passate tra le mani, lì, nel suo ufficio, senza capirci nulla: la grafica era diversa, la legenda era data per scontata. Allora Adriana aveva imparato a leggerle da sé. Il mare era bianco, il suolo scuro, per ogni X c'era un palazzo. La terza X sulla destra era la sua scuola.

Andavano a scuola di pomeriggio, perché quell'anno all'acciaieria avevano messo le colate continue, erano arrivate nuove famiglie e le aule non bastavano più. Facevano i doppi turni con un altro superiore, ma a loro piaceva, perché quando uscivano era buio, come fossero stati già grandi da potersi andare a bere qualcosa.

Ci si fidanzava per telefono, perché di persona non c'era mai occasione. Fuori la scuola avrebbero potuto parlare, ma Adriana era trascinata per lo zaino dalla sua compagna: una zia le aspettava all'angolo con la macchina. E va bene che i suoi genitori erano inghiottiti dalla fabbrica ed era un bel vantaggio che qualcuno la accompagnasse a casa; però almeno in quel marciapiede veloce verso la macchina, la compagna avrebbe potuto camminare qualche passo avanti. Allora lo fecero per telefono, si parlarono, si dissero le cose e così fu anche più facile, perché ad Adriana erano cresciuti gli incisivi storti e si vergognava di sorridere. In quella telefonata sorrise parecchio, si fece tutta rossa: "Poi ti siedi sulle mie gambe".

"No", disse, "sulle tue gambe non mi siederò mai".

Ma non era vero, lo fece quasi subito la domenica successiva, sulla panchina, in piazza. La piazza era un diaframma bianco sulla carta scura.

"Dottoressa, mi scusi: c'è il pensionamento di Liborio e stiamo raccogliendo le quote".

"Quanto è a testa?"

"Dieci euro".

Adriana prese un appunto.

"Lei... il solito?"

"Sì sì", disse, "vada": non accettava regali dagli impiegati, né dai dirigenti né da nessuno. Non li faceva: inviava la sua quota, raddoppiata, a una qualche ricerca sul cancro.

Un quarto d'ora dopo entrò Giacomo.

"Adriana, vedi che Liborio ci tiene molto a te, perché fai così?"

"Giacomo, la mia non è una carica politica. Tu lo sai?"

Lo sapeva: Adriana stava là perché era capace di organizzare e comandare, perché aveva steso il miglior progetto dell'amministrazione, ma non era una città facile e per portare a termine le cose bisognava muoversi cauti, non fidarsi di nessuno, non dover mai ringraziare. Comunque ripeté, a voce più bassa:

"...perché fai così?"

"Questo è il palazzo del Comune, qui sotto c'è il comando dei vigili urbani aperto giorno e notte, questa è una cassaforte, e a me stamattina hanno di nuovo tentato di rubare il progetto di divisione delle aree... chiamami un attimo la Simioli".

Alla Simioli piaceva Giacomo: entrando cominciò a protendersi tutta protocollo e personalità, fece un sorriso complice ad Adriana e si mise a sedere.

Adriana le spiegò che quello che aveva detto di fare, non era stato fatto, e quello che era stato fatto, era stato fatto male. Poi le disse: "Buonasera", e la congedò.

Giacomo richiuse la porta: "Ma non vi davate il tu?"

"*Lei* mi dà il tu".

Giacomo le tese le braccia incontro e le chiese a voce bassa bassa: "Ma perché fai così?"

Adriana avrebbe voluto accettare quell'abbraccio, invece disse: "Solo tu sapevi che tenevo una copia in cassaforte".

Il giorno dopo la Simioli aveva deciso, in via prudenziale, di parlare con Adriana solo se fosse stata lei ad andare nel suo ufficio. Aveva una bella scrivania da difesa e una segretaria, con l'età di sua madre, che lei trattava alla pari, perché dopo tutto la sua candidatura era stata sostenuta da una lista di femministe. Adriana provava ormai da due ore a farsi passare il suo interno, ma poiché era giornata di sportelli al cittadino, il centralinista aveva messo varie linee fuori posto. Allora si alzò per andarla a cercare.

Quello che Adriana avvertiva, attraversando i corridoi, era il distacco del palazzo dalla città, dalla cosa. Il distacco non era dichiarato, non era ammesso, perché l'amministrazione voleva essere giovane e motivata, voleva sentirsi diversa dalle precedenti, aveva giurato guerra alle concussioni, al clientelismo, alle calunnie. Però conservava il distacco, manteneva intatta la capacità burocratica di non portarsi il lavoro dietro, e nemmeno le idee; di non arrabbiarsi, di non soffrire.

L'ufficio di Simona Simioli aveva da poco cambiato targa, perché l'eletta era neodottoressa in architettura e quindi neodestinata a occuparsi di suolo pubblico. In campagna elettorale aveva promesso di organizzare una consulta di tutte le donne che fossero state elette. Poi di donna era salita solo lei, e quindi ora si consultava da sola.

Adriana doveva coinvolgerla, bisognava spingere da tutte le direzioni per far partire la bonifica subito, appena fossero arrivati i soldi. Ma Simona Simioli era un'esteta: tutto quello che sapeva di lottizzazione l'aveva visto in quel film: "Aspetta, come si chiamava?... *Rimani sulla città*, quello di Rosi... potente!"

"Sì, potente. Questa è la variante al piano regolatore del '98... vede Bagnoli? Per tre volte ho trovato la cassaforte manomessa..."

A questo punto la Simioli le fece un cenno della mano e si girò verso la segretaria.

"Signora Anna, ci lascia sole?"

Quella si alzò, anche se aveva sessant'anni, le pantofole sotto la scrivania, molto da fare dentro, e nulla fuori. La Simioli riattaccò a voce bassa: "Ma, scusami cara, la copia che conta è quella depositata..."

"Il fatto che sia depositata la rende inviolabile? La rende solo un'altra copia, come questa".

La stese con la mano: aveva tirato lei le linee colorate, e combattuto a colpi di pennarello fino all'ultimo metro. Anche così, l'edificabile era sproporzionato davanti a quel mare.

"Ma il problema ora è un altro: se la bonifica viene terminata entro il 2003, il Comune potrà comprare i suoli dei privati al trenta per cento in meno".

"E vabbè, i soldi per la bonifica sono in finanziaria, la finanziaria è stata approvata... appena arrivano cominciamo".

"Proveranno a rallentarci in tutti i modi possibili: i costruttori e la camorra non sono contenti..."

Giacomo entrò: "La signora Anna sta in castigo?"

La Simioli lo trovò esilarante, poi quando riuscì a respirare di nuovo gli disse: "Parlavamo di cose delicate".

Giacomo vide la carta sul tavolo.

"Le vostre cose delicate vanno bene: la commissione parlamentare discute la settimana prossima. E si parte".

Simona Simioli parve molto risollevata, quasi commossa. Poi squillò il telefono e si immerse in una conversazione.

“Ci dobbiamo far trovare pronti, forse si dovrebbe fare un sopralluogo”.

“Sìsì”, disse Giacomo, “vado a prendere i permessi per la missione... che area dico?”

“Eh... avevamo deciso di cominciare da via Diocleziano... tutta l’area blu”.

Il pennarello blu girava per via Enrico Cocchia e passava sotto il balcone della cucina: Adriana cucinava spaghetti aglio e olio per primo e frittata per secondo, mangiava da sola dopo la scuola, ma non si era mai scoraggiata, non aveva mai saltato un pranzo, spaghetti, frittata, spaghetti, frittata. Non c’era tanto da starci a pensare: la fabbrica chiamava tutti alla disciplina. Alle otto di mattina suonava la sirena, alle tredici, alle diciassette: era un annuncio, una promessa di ritorno, colonne vive che si scioglievano nel parcheggio. Colonne vive che entravano: la colata di acciaio non si fermava mai.

Da casa usciva per ultima, entrava per prima, aveva quindici anni e le chiavi le bucavano le tasche mentre le sue amiche lottavano per averle.

“Ecco le missioni! È uscita una bella giornata, perché non vieni anche tu?”

“Ma che me lo chiedi a fare? Lo sai: io mi occupo della mappa e tu del territorio”.

La Simioli chiuse il telefono euforica e afferrò gli occhiali da sole: “Vengo io...! Dove devo firmare?”

Adriana era già in pigiama quando Giacomo le telefonò.

“Allora, tutto bene! Simona ha fatto il sopralluogo dei bar della zona blu”.

“La carta è fedele? È cambiato qualcosa?”

“No... più o meno si trova tutto, ma tu da quanto ci manchi?”

“Dal ’94: quando uscì il concorso, stavano iniziando la dismissione”.

“C’è quel pontile, quello che trasportava le merci alle navi... è un chilometro dal primo traliccio nella terra, verso il mare. Simona ci vuole organizzare le gare di tuffi”.

“...”

“Promettimi che festeggiamo”.

“Io, tu e la Simioli?”

“Non fare la scema, festeggiamo?”

“Il Comune già ha cominciato: hai visto la campagna informativa? Ci sono due immagini affiancate. Una dice INPUT e c’è l’Italsider. L’altra dice OUTPUT e c’è Montecarlo...”

“Sì, abbiamo visto il cartellone sul campo di calcetto... festeggiamo?”

“Appena inizia la bonifica, la sera stessa, andiamo dove vuoi tu”.

“Allora prenoto per la settimana prossima, buonanotte”.

“’notte...”

Adriana sorrise e si andò a mettere la macchinetta per i denti.

In estate andavano sul campo di calcetto a innamorarsi: i compagni di scuola erano finiti, servivano nuovi ragazzi.

Si sedevano sulle gradinate di cemento, quando passava la metropolitana tremava tutto e il pallone tentava una traiettoria sua. Commentavano le azioni, li prendevano in giro, e speravano in quelle sbucciature che costringono per qualche attimo a bordo campo. Poi li raggiungevano all’ingresso degli spogliatoi e gli arrivava in faccia l’odore della doccia e del sudore; la puzza di gomma delle scarpe.

Quella settimana Adriana sognò un mare bianco che, sottovento, invece di increspàrsi, si sgualciva. E le braccia di Giacomo, come tralicci.

Lunedì Giacomo attraversò il corridoio del palazzo e si fermò per cinque minuti dietro la porta chiusa di Adriana, con la mano sulla maniglia. Poi entrò senza bussare e la trovò davanti alla finestra, a guardare le navi.

"Il Governo ha bloccato i finanziamenti".

Lei si voltò e gli andò incontro: non aveva capito. Allora a lui toccò ripetere, e non ebbe altri cinque minuti per trovare il coraggio: "Il Governo ha bloccato i finanziamenti".

"Ma sono stanziati, sono già partiti".

"Li ha bloccati".

"Non può farlo".

"Lo ha fatto, il sindaco è andato subito a Roma".

"Ma che vogliono?"

"Perdere tempo, ritardare la bonifica, come gli altri".

Adriana afferrò il telefono, ma non seppe che numero fare; allora si gettò sulla poltroncina degli ospiti, Giacomo la strinse alle spalle: "Io penso che per settembre è tutto risolto".

"Settembre è tardi", disse, poi si divincolò dalle sue mani, strinse la carta nei pugni, la strappò e cominciò a piangere.

Continuò a lungo: piangeva la fuliggine nera sui pavimenti della casa, la polvere che tossiva sua madre.

3.

Per un tratto la metropolitana correva tra i palazzi più in alto della strada, si lasciava sulla sinistra le ciminiere e il mare. A Bagnoli, a ridosso del campo di calcetto, Adriana scese, si sfilò le scarpe e mise gli zoccoli: percorse via dei Campi Flegrei trattenendoli con l'alluce nella pendenza.

Alla piazzetta la strada continuava in un sottopasso: si risaliva dopo la ferrovia Cumana, e c'era il litorale.

Adriana strascinò i passi oltre la spiaggia comunale, ed entrò nel lido della cooperativa. Gli operai si erano fatti bagnini.

Mentre beveva il caffè all'anice, lo zio Gennaro le raccontò il giorno in cui scoprirono che suo padre era una punta. Non un centravanti, ma la migliore punta dell'Atletico Italsider. Quell'anno li sponsorizzava una pasticceria, e si erano fatti tutti grassi e in campo non erano buoni a niente.

"Zio, vi lascio la borsa qua: mi butto a mare".

"Mettiteli gli zoccoli, nenné: la spiaggia brucia".

Era la sabbia nera dei vulcani che non riflette, ma trattiene, che sotto il sole non perdona. Adriana scappò lo stesso scalza fino al bagnasciuga, poi si guardò i piedi nell'acqua e l'acqua era limpida. Intorno lo zolfo spingeva dalla terra e faceva ribollire il mare.

Bisognava assaggiarsi le dita, per capire che non era lago: il golfo si chiudeva in un cerchio perfetto di cratere con Procida e con Ischia.

A sinistra, il lungo pontile arrugginito che reggeva le rotaie accolse Adriana in un abbraccio bastardo di ferro e di terra. Si immerse: perse piede subito perché il fondale scendeva ripido lungo la parete sommersa del vulcano. Allora diede qualche bracciata, poi finalmente, dopo tanto tempo, si voltò indietro per guardare.

Il passaggio

Nascere ancora, molte volte,
ma non del tutto nata,
accanto a molte madri, nuove madri

Patrizia Cavalli
"La Notte Palombara"

1.

Arrivo sempre in ritardo: in palestra perdo i dieci minuti di riscaldamento, così poi ho muscoli strappati e ginocchia lattiginose per tutta la settimana, ogni mese per un anno intero.

Abito appena a due piani di distanza, praticamente sopra la palestra, ma divido l'appartamento con una Forza che mi proibisce di essere puntuale. La sua abilità sta nell'assumere sempre nuovi aspetti: ultima telefonata, articolo di giornale sfuggito, calzini abbinati male, malessere, ripensamento. Con argomenti inaspettati mi confonde, mi convince, mi trattiene e, quando sono ormai certa di non poter più arrivare in orario, finalmente scioglie la presa e mi lascia correre via.

Da trent'anni vince sempre lei, così scendo in palestra a menoventi e mentre le altre sono lanciatissime, convintissime, caldissime, prendo il posto peggiore, nel vano della finestra aperta; tutto il vento della città mi piomba sulle spalle appena sudo.

A tentare di chiuderla, la benedetta finestra, è un ululare di: "E c'avimm' schiattà 'e cavere?"

Ma nessuna, per salvarsi dal caldo, scambia il posto con me. Bisogna comprendere: hanno vent'anni, ma stanno smaltendo l'afa dei bassi superaffollati, abitati dalle generazioni che le hanno partorite; nei vicoli l'aria ristagna ancora oggi, e loro vogliono garantirsi l'ossigenazione della pelle. Possono contare su una notevole superficie di evaporazione. Sono fasciate in guaine superstrette supertrendy, sono lampadate, platinate o rosso/viola, e con rossetti che vanno ben oltre le labbra. Ogni volta che sfilano via quelle del turno prima, c'è uno scambio di "Uè, bellissima, te ne staje jenno?", e "Cià, amoremio", tra noi che stramazziamo per lo sforzo, e loro che si credono le Spice Girls.

Alla fine della prima mezz'ora io mi chiedo perché ci vengo, se: arrivo tardi, mi strappo tutta, soffro durante e dopo, e ho una perenne bronchite. Me lo chiedo sempre quando ci si riversa sui materassini e si iniziano gli esercizi per le gambe.

Oggi ho affianco una tizia che fa il mio stesso movimento con la gamba opposta, e che appena il fiato glielo consente mi soffia fuori: "È tosto questo!"

Sorrido e so che la prossima sarà una domanda: "Dove abiti?"

Indico il soffitto con il dito e accentuo l'affanno. Io non sono convinta, già di mio; già la volontà è ripugnata, già è tutto inutile: perché ti ci metti pure tu?

"Beata te! Così fai la doccia a casa".

Sorrido di nuovo e finalmente si cambia lato. Dandole le spalle, mi rifugio verso la finestra e giuro che la prossima volta comincio l'esercizio con la sua stessa gamba.

Quando arriva il turno del dio stretching, la vedo.

È elastica e affusolata, con i capelli neri, lunghi, lisci e imprendibili, la pelle lucida di sudore, colore biscotto. Quanto sei bella! Dov'eri? Si china: controlla i movimenti senza sforzo, non spia la boss nello specchio, arriva con gli interi palmi a terra. Quando si rialza le cerco l'ombelico e glielo trovo: più piatto del ventre, e brillante di piercing; capisco che ha i fianchi troppo stretti per piacere a un uomo, capisco che mi piace, so che non aprirò bocca, ma vorrei chiederle: “Che ci fai in questo mondo di polsi così grossi?”

Scompare nel flusso migratorio verso lo spogliatoio e io, che sono quella fortunata, vado a fare la doccia a casa.

***

Stamattina costeggio il muro di cinta della scuola con un nuovo spirito: tutto è funzionale a lei, la ginnasta bruna. Tutto quello che vivo e vedo mi sembra importante perché è vero nello stesso mondo in cui c’è una persona che mi piace. Anche le tubature scoperte di questo quartiere popolare nel quale io ogni giorno faccio la precaria sono tragicamente utili e oggi, almeno oggi, hanno un contraltare di bellezza in lei. Nulla da ridire sul titolo, il Provveditorato agli Studi ha visto giusto: io non solo faccio la precaria alle elementari, io sono una precaria elementare.

Se lavorassi in centro forse mi lamenterei dello stipendio, ma questa scuola senza guardianìa, dove anche i gessi vanno custoditi sotto chiave, e dove i bambini riconoscono solo chi tratta con loro come fossero scagnozzi della camorra, mi distrae con altri strazi. Qui di fronte c’è un centro di emodialisi che se fosse un cesso pubblico a Roma nord, sarebbe sigillato dalla vergogna, ma non è cesso e neppure ospedale; e noi non siamo una scuola: siamo la periferia. Ci toccano i panni stesi, i soprusi, e l’abbandono. L’Europa passa vicino: gli MD80 partono dall’aeroporto alle nostre spalle e volano ad appena centocinquanta metri d’altezza, sufficienti a loro per non vedere noi, ma non abbastanza in alto per il contrario; durante le lezioni sembra di vivere in un frullatore, perché i motori rullano sulle piste, e a ogni decollo le nostre pareti di prefabbricato tremano per la paura.

Ma gli occhi che ancora dopo tre anni vedono questo sono gli stessi che ieri hanno indugiato su un ombelico. E allora sono felice.

“Buongiorno, buongiorno, chi va in terza oggi?”

"Vai tu, che io voglio fare il test di matematica in quinta".

"Betta, oggi torno con te, voglio arrivare presto a casa per andare in palestra".

Elisabetta è la responsabile di questo plesso, eletta tale perché è intelligente, inflessibile, ed è una delle poche maestre di ruolo della scuola,

"Vedi che affare!", commenta lei questa promozione.

Quando manca ormai solo mezz'ora alla campanella finale, i bambini non li tiene più nessuno, non serve parlare, stare zitti o urlare, non c'è materia che tenga: sono stufi marci, vogliono l'aria, e per la verità anche io friggo per andare via. Allora li portiamo fuori in cortile, e sotto la pioggerellina cancerogena dei reattori al massimo della potenza organizzano un gioco. Lo propone Lello: "Si chiama il lupo mangia-frutta, maè: il lupo corre appresso alla frutta, se la prende, allora diventa lei lupo. Il muro è CASA".

Dopo tre o quattro di queste spiegazioni, sento uno che, avvilito, dice di me: "Ma chesta nun capisc' niente".

Penso che ha ragione e comunque preferisco tentare con la pratica, quindi dico: "Va bene! Sistematevi: io faccio il giudice!"

Veramente non avevo capito niente: loro volevano che io giocassi. Faccio il kiwi. Sono un kiwi. Quando vengo chiamata comincio a correre forte, con un bambino che mi insegue e gli altri agitatissimi che tifano; le mie colleghe si aspettano che io, a un certo momento, rallenti per farmi raggiungere.

Ma io gioco per vincere, a trentadue anni, e non mi prende nessuno.

***

In macchina, ancora affanno.

"Che ci vai a fare a questa palestra, se ti stanchi dopo due minuti di corsa?"

Non rispondo: che le rispondo?

"Pigliati una sigaretta, tiè".

"No, grazie, senò poi subito mi viene la tosse".

"Tanto comunque tieni sempre la bronchite, da quando vai in palestra".

Non rispondo: che le rispondo?

Imbocchiamo il casello della tangenziale sulla corsia delle via-card, e nell'auto davanti a noi c'è qualcosa che non va. Aspettiamo pazienti, ma il guidatore si agita, litiga con la persona che ha di fianco, e di passare la sbarra non ha nessuna intenzione.

"Fai marcia indietro", suggerisco.

Ma è troppo tardi per noi: il guidatore spalanca lo sportello di destra e spinge in malo modo una enorme ragazza nera. Lei argomenta qualcosa, ma le vola fuori la borsa, allora finalmente esce. Poi apre lo sportello posteriore e ne tira via un bambino. Betta indietreggia giusto un po' per non farsi travolgere dalla furia a marcia indietro dello stronzo e poi, mentre io ancora non capisco niente, mentre ancora vedo solo un bambino con le scarpine attaccato a una donna, apre lo sportello, si sporge e fa convinta: "Noi andiamo al centro, vuoi un passaggio?"

Non per nulla lei è già di ruolo, penso io, confondendo le dinamiche di merito con quelle occupazionali.

Così ci arrivano le scarpine sul sedile posteriore. La donna si morde le labbra; il bambino non accusa proprio, si vede che per lui un passaggio vale un altro. Io penso che non esista motivo valido in tutto il sistema solare per cui il bambino debba aver assistito a quella scena, e mentre lo penso, Elisabetta si presenta, chiede informazioni, insomma ciancia, ci regala un senso di continuità con quello che stavamo facendo.

Non per nulla è la responsabile del plesso, penso io, e stavolta ho ragione.

"Mi chiamo Alma, e lui è Domenico, ha due anni."

Parla un bell'italiano dialettizzato, come il nostro.

"Domenico?", faccio al bimbo cantilenosa, ma lui resta compunto.

Domenico, Domingo, che nome di Santo Domingo che porti, di chi sei figlio? Mi viene in mente una versione nera di Filomena Marturano, e battezzo il bambino "Dummì". Gli faccio: "Dummì!" E lui mi sorride.

Alma è provata, ripete sottovoce: "Perché al casello, perché al casello?" Poi, voltandosi verso il lunotto, lancia ad alta voce una bella frase piena di nasali che ci porta in un altro continente. Capisco senza dubbi che ha detto: spero che ti spacchi la faccia. E anche Elisabetta, evidentemente portata per le lingue, capisce lo stesso, perché più simultanea di un'interprete fa: "S'adda scassà 'e ccorne".

***

Elisabetta fa così, me lo fa sempre: lei raccoglie le idee, le persone, poi si volta verso di me e si aspetta un cenno, una conclusione. Io in genere le rilancio un punto interrogativo.

Ce ne ho pronto uno anche ora, sta seduto dietro con un bambino in braccio; quando lasciamo la tangenziale a Capodimonte, cioè l'uscita di casa mia, so che lo dovrò sfoderare. Lo svincolo ci fa arrotolare sulla città, in cerchio vedo: il mare, un mendicante davanti la chiesa, gli occhi di Elisabetta su di me.

Guida senza degnare la strada di uno sguardo, la strada la guardo io, forse portiamo la macchina per transfert.

Me ne esco con la cosa più ovvia: "Dove vi lasciamo?", faccio ad Alma.

"Dove vuoi, va bene dove scendi tu".

Allora mi faccio lasciare all'incrocio con la mia strada, ci salutiamo tutti, vedo Betta ripartire con lo stesso sguardo di prima. Mi chiedo cosa voglia ancora, perché non ha cambiato espressione, checcazzo: il mio l'ho fatto.

Bacio Dummì, risaluto Alma e attraverso. Mi tiro la borsa sulla spalla, affretto il passo pensando che ho venti minuti per cambiarmi e prendere l'integratore di creatinina.

Allora, Io Non Lo So Perché, mi volto e corro indietro come una pazza, quasi investo un motorino che mi viene incontro sparato sul marciapiede, e chiamo Alma.

Lei non si è mossa.

Le dico: "Prendiamo un succo di frutta al bar".

Dummì succhia dalla cannuccia seduto sullo sgabello del videogame. Io e Alma ci facciamo una presa d'anice. Elisabetta avrà senz'altro ricominciato a guardare la strada.

"Io faccio la maestra alle elementari".

"Sei sposata?", fa lei.

"No", dico, "non c'è spazio, poi sono precaria".

Tutti quelli che entrano nel bar guardano il culo a lei, poi me intera che, nello spazio di uno sguardo, occupo lo stesso volume. Un tipo con gli occhiali scuri da cantante neomelodico sposta Dummì su un altro sgabello, per giocare allo strip poker. Io sto cercando qualcosa da domandare a questa donna, una domanda che vada bene solo per lei. Quella che nessuno potrebbe girare a me. Ma non trovo niente, allora vado alla cassa e, mentre pago, dico: "Io abito qui vicino, volete salire un po' da me? Magari il bimbo riposa..."

Tutto il bar interrompe il respiro per inseguire la risposta, Alma senza fare storie strappa il piccolo dalla sua postazione e viene via con me. Dalle sue spalle Dummì saluta con la manina il tipo con gli occhiali. E le donnine nude.

Gli presento tutti i peluche che ho, ma lui si incanta con una sorpresa dell'uovo di parecchie pasque fa, poi si arrampica sul lettone e si addormenta. Dev'essere un bambino abituato ad addormentarsi dove capita, comunque spostiamo il letto dal mezzo della stanza dove si trova ora, fino a farlo aderire al muro, e proteggiamo l'altra sponda con una fila di cuscini.

Guardo l'orologio: immagino la mia donna iniziare il riscaldamento, Dummì iniziare a sognare, Elisabetta guardarmi di nuovo.

Guardo Alma: la sua diffidenza è uguale alla mia. I suoi punti interrogativi come i miei. Io ci metto la casa, lei il sonno di suo figlio.

Comincio a preparare la borsa, decido di fare la doccia giù. L'occasione di trattenermi negli spogliatoi, magari ci scappa la chiacchiera, la presentazione...

Io ci metto la mia casa vuota, lei il sonno di suo figlio.

"Hai bisogno di qualcosa?"

"Un asciugamano... io sto poggiata qui vicino, la sorella di quello della macchina... è mia amica... ho tutto là..."

"Vabbè, chiamala, fai quello che vuoi, io scendo due piani qui giù, vado in palestra... se hai bisogno... un'oretta e salgo".

***

Faccio veramente tardi, ma stavolta la Forza dorme sul lettone.

Arrivo veloce, lancio la borsa negli spogliatoi, faccio ciaociao alla segretaria che mi urla: "Non ti fai la doccia sopra?"

Ma perché non ti fai i cazzi tuoi? ma che te ne importa a te? non ti basta l'acqua che ti ho fatto risparmiare fino a mo'?

"Mi si è rotta la caldaia".

Finalmente entro sul parquet, e lei non c'è. Allora torno negli spogliatoi, magari ha fatto il turno prima, ma non c'è. Mi sfiacchisco impaziente fino alla fine dell'ora e penso che la doccia servirà a intrattenermi fino a quella successiva, ma lei non viene, non c'è. Un popolo di bionde inguainate mi sfila davanti.

Mentre salgo le scale già starnutisco, immagino la donna dal piercing avvinghiata al fidanzato in un'auto e la mia porta di casa spalancata.

Invece la porta è chiusa: Alma sta lavando uno slip arancione nel lavandino, sorrido, mi precipito sulle sigarette, lancio un'occhiata ai cassetti. Alla prima nuvola di fumo che mi si sprigiona dai polmoni Dummì mi chiede una sigaretta, allora getto la mia dal balcone: "Se non vuoi andare a casa, potete restare qua fino a domani, cioè, come vuoi tu".

Alma dice sì, che comunque non può tornare a casa oggi, perché c'è lui. Ma che non ha niente, ma anche che non le serve niente.

Poiché non sono fornita di seggiolone mangiamo tutti sul tavolinetto della tv; le chiedo a segni se lo stronzo è il padre di Dummì, lei scuote la testa, ma non chiarisce meglio e io, allora, non so se sentirmi sollevata. Nell'incertezza sollevo Dummì da terra e passo tutto il resto della sera a pizzicargli le filastrocche sulle dita.

Stanotte per la prima volta in casa mia dormo io sulla brandina.

***

La mattina seguente, a scuola, Betta mi incastra sul registro: "Allora? Vi siete fermate a parlare? Chi è lo stronzo?"

"Calmati! Non so niente: il bambino non è figlio dello stronzo, lo stronzo abita a Salita dei Principi con la sorella e lei ha la roba là. Punto. L'unica cosa che si continua a chiedere è 'perché al casello?'"

"Gesù, perché al casello? Ma perché è stronzo!"

E poi, ripercorrendo all'indietro la mia risposta, fa: "Salita Principi... questo spaccia o, peggio, fa spacciare..."

"Hanno dormito da me".

"Da te? Ma sei scema? Ma non hai visto che ti guardavo?"

"Mi guardavi, e che significa? Volevi che facessi qualcosa, li ho invitati a stare da me... se è per questo li ho lasciati a casa".

“Ma questa sta veramente male! Io ti guardavo per dirti di non fare stronzate! E mo’ se questa chiama allo spacciatore?”

“Betta, io divido con la popolazione di Salita Principi il bancone della verdura al supermercato, e non sono mai tornata a casa con la coca tra i ravanelli, quindi non generalizziamo, ma comunque ricordati che ce la siamo caricata noi”.

“E vabbuò che signì...”

“Anzi, te la sei caricata tu”.

“Va bene ma qualche domanda gliela potevi fare”.

“Eh, le ho chiesto se volevano rimanere qualche giorno: mi sono presa la copia di chiavi dalla portiera, comunque se tieni qualcosa di particolare da chiederle, stasera organizzo una cena”.

Poi ci richiamiamo all’ordine perché Giuseppe, al primo banco, ha cominciato a smontare la sedia usando il tappo della bic per cacciavite.

Appena posso, mi riapproprio del pensiero della mia atleta. A due giorni di distanza è più sfocato e mi appare meno vero, ma mi emoziona comunque, come una cosa nuova, una possibilità che non sapevo di avere. D’accordo: non dovrei cedere a una gioia così incerta, magari il pensiero di lei è poca cosa, ma mi tiene in piedi. La ricostruisco nel ricordo, a cominciare dall’ombelico, e mi sembra una cosa bella. Più bella di essere abbandonata a un casello, decisamente più bella e più dignitosa di questo lurido, fatiscente muro di cinta che rinchiude i miei bambini... tutta la tristezza che conosco all’improvviso mi preme da dentro contro la cassa toracica, posso combatterla solo un poco: mi aggrappo al pensiero dei suoi capelli neri, alla flessione delle sue gambe nell’esercizio, ma sono debole, e soccombo facilmente.

Quando inizio così scivolo rapidamente verso il peggio che mi viene in mente; ma mi assecondo perché in genere, arrivata alla morte, torno indietro.

Lungo questo muro ci sono le viti americane che mia madre mi suggerì di far piantare ai bambini, quando le raccontai dove ero finita. Cominciò tutto da lì: lei, da botanica, scelse le piante più adatte, e la scuola se le fece regalare dall'aeroporto, che voleva farsi perdonare il fatto di scaricarci in testa i reattori di tutt'Europa. I bambini prepararono i buchi, si rotolarono nella terra, scoprirono le rane, e infine piantarono l'aiuola e seminarono il prato. Mia madre ha sempre ricominciato dalle piante, e anche il nostro rapporto ricominciò da lì: tutto il mondo da cui l'avevo esclusa, tutto quello che avremmo potuto condividere, diventò quell'aiuola dove il tributo che io dovevo all'infanzia e quello che lei doveva alla botanica si incontrarono e si piacquero.

Da quell'epoca, in pochi minuti imparai a conoscere tutto di lei: sono come lei e perdòno entrambe. Da quando è morta spesso mi trattengo lungo questo muro, dopo la campanella, a fare il censimento delle foglie nuove.

***

Decido che è inutile tornare in palestra, piuttosto organizzo la cena. Scongelo tutto lo scongelabile e invito Betta con il marito e il fratello, Luca, che è un gran bel pezzo d'uomo: un giorno ci dicemmo, senza dircelo, che ci saremmo volentieri fatti, ma poi non accadde nulla e così ogni volta che lo incontro ci aleggia intorno lo spiritello dell'incompiuto.

Quando Alma e Dummì tornano, la casa ribolle di peperoncino e basilico, la prolunga del tavolo invade la stanza e Dummì ci passa sotto per raggiungere il bagno e fare pipì nel bidè, seduto come le femminucce.

"Domani raccolgo un po' di cose dalla mia amica, perché domenica parto".

"Parti? E dove vai?"

"Vado a Roma, da mia sorella che sta a posto, voglio dire... i documenti, la casa e tutt' cose".

Io non so che chiederle, io a questa donna non gliele davo tante alternative; la guardo, e la sua curiosità è la stessa mia.

Stappo l'Aglianico.

Betta ha il dono di convincermi che l'appartenenza al sesso femminile sia una grande fortuna, le sue argomentazioni terminano sempre con una prova inconfutabile: "Vid'a cchisto!", dice mostrando il suo uomo, che dev'esserci abituato, perché accetta rassegnato la parte e non osa contraddirla.

Mentre io e Betta ci abbandoniamo a immaginare mondi abitati solo da donne (con la variante dell'uomo in schiavitù), dove per le cose importanti ci si capisce con il pensiero e la voce serve solo per sentirsi parlare, Alma racconta a Luca qualcosa in confidenza, probabilmente quello che non dice a me. Un po' mi girano le palle, un po' la testa: è chiaro che lo spiritello mio e di Luca dev'essersi ubriacato, e che tutto il peperoncino servirà altri talami. Del resto il mio è occupato da Dummì che dorme.

Mi alzo e vado in camera: il suo sonno profuma di mela grattugiata.

Quando torno i giochi sono fatti: "Convinci Alma a venire con me per il gelato, dài, Betta, dì qualcosa anche tu", fa lui.

Betta non aggiunge niente: devo avere una faccia terribile. Mi presto comunque a questa infame finzione: "Veramente Alma: resto io con Dummì, vai!"

"Arriviamo al mare e torniamo, forza: tra mezz'ora stiamo qua", fa ancora lui.

"Ok, allora grazie, buonanotte!"

"Buonanotte", faccio io, e gli mollo il sacchetto più puzzolente della città.

Vai, vai: prima che il rosso succo del Vulture mi abbandoni, vado a letto e mi addormento chiedendomi: "Ma c'è il mare in questa città?"

***

Dummì si sveglia presto, prestissimo e urla MAMMA PIPÌ CHE FAI? BICCOTTO CHIETTO PALLA. Io riemergo da un sonno così profondo che mi pare di aver dormito dalla signora di sotto, mi arrampico fino alla superficie del materasso e gli chiedo di ripetere, per favore, perché non ho capito. Ma la mamma dalla brandina ha capito benissimo e se lo viene a prendere: la guardo e sta peggio di me, ma il bambino è suo e se lo pianga lei.

Questo sabato da sola sarà dedicato alle seguenti attività, in successione: depilazione, telefonata a Luca, palestra (ultimo tentativo).

Ovviamente telefono prima a Luca: "Sveglia, che è tardi!"

"Umf".

"Luca, non voglio sapere che avete fatto, voglio sapere qualcosa in più della sua vita..."

"Ma che è, un interrogatorio incrociato? Mi ha telefonato mia sorella mezz'ora fa... che vuoi sapere di più, sai già tutto: lei viene per fare la cameriera, lui la mette a spacciare, la sorella tiene il bambino..."

"Madonna! Ma non poteva mettere la sorella a spacciare?"

"Eh!", ride, "ti immagini uno di questi che fa stare la sorella per strada dopo le nove di sera?"

"Vabbè", faccio io, "e poi?"

"E poi sono un po' innamorati, non si capisce, e comunque c'è il casello, quindi..."

"Quindi cosa?"

"Non lo so, ma al casello è finito tutto e lei si chiede solo questo: perché al casello... ma a voi che cazzo ve ne frega? Vi dovrebbe dire tutti i fatti suoi solo perché voi l'avete raccolta, e senza che ve lo chiedesse?"

"Eeeeh, maronna e come stai! Tornatene a dormire, e scusa".

"Figurati..."

Con la sensazione di chiedermi cose sbagliate, di chiedermene troppe, mi divido mentalmente il corpo in baffi/mento, ascelle, inguine, gambe/alluci e procedo: crema, striscia, lametta, rasoio elettrico ed epilatore. Se rinneghi Darwin una volta, lo farai sempre e in tutti i modi concessi; qualunque donna sostenga il contrario è bugiarda, qualunque uomo le creda è un cretino.

Allo strazio fisico si aggiunge quello morale: ascoltando la voce di Luca impastata dal sonno, mi rendo conto che avrei veramente voluto svegliarmici accanto, ma so anche di non aver lanciato i segnali giusti, insomma di non averci provato affatto, anzi di essermi avvolta tutta la sera nei discorsi misantropi di Betta.

In verità le scopate erano state possibili fino a un certo punto, poi avevo cominciato a rendere gli uomini impotenti. Man mano che acquistavo consapevolezza, gli uomini perdevano l'erezione; più avevo voglia di farlo per me e me sola, cioè più il sesso si liberava e diveniva autonomo, più gli uomini si sentivano incapaci di sostenerlo. E così le scopate, quante ce n'erano state, divertenti o necessarie, quelle erano rimaste.

La cosa migliore è che non voglio fare nulla per cambiare questo stato di cose, diciamo pure che non mi importa, che mi sta bene così, anche se la voce di Luca mi turba. Non sono vere e proprie decisioni: è che in questo momento della mia vita non posso essere diversa; allora me la accendo una sigaretta, tanto tra un'ora scendo in palestra e quindi domani, in ogni caso, avrò minimo mal di gola.

***

Mentre scendo le scale in straordinario anticipo, alla luce di questa analisi mi rendo conto di una cosa: il fatto che la ginnasta mi piaccia non è una conseguenza dei miei problemi con gli uomini, ma una cosa che ha una dignità propria. C'è, insieme e comunque, tuttavia e nonostante.

Dico ciao a tutti ed entro nello spogliatoio, lei si volta a guardarmi.

Io vedo due cose: sul fondo, due tipe che parlano in una nuvola di vapore; sul suo viso, la sorpresa.

"Tu non sei sempre in ritardo?"

Gesù Gesù, l'aveva notato! Ovvero: *mi* aveva notato. Le spiego la storia della Forza con cui vivo, quella che mi trattiene, e lei conclude: "Quindi oggi dev'esserci stata un'altra Forza, più forte, che ti ha portato qui in orario..."

Le cose che ti attendi dalla vita hanno gradazioni diverse: metti la pentola sul fuoco perché ti aspetti che l'acqua bolla; ugualmente giochi un ambo al lotto perché ti aspetti di vincere, ma se non vinci non te ne meravigli.

Erano usciti i miei due numeri.

Tutto quello che credevo di aver perduto sull'amore mi è tornato facile in un istante: c'erano milioni di frecce al mio arco, anche se le avevo forgiate per altri obiettivi. Ho avuto tutta la malizia, la seduzione e l'inventiva necessarie; è stata un'ora di allenamento olimpionico: abbiamo preso i due posti migliori ai lati della boss e l'abbiamo seguita indefesse. Agli addominali io ho pensato: "Mo' schiatto", ma è stato bellissimo.

***

Nessuna di noi due ha fatto la doccia in palestra: io sopra, lei di fronte (di fronte!) siamo andate a casa, ma ci siamo scambiate i numeri e i nomi, e la promessa che l'indomani mi avrebbe cercato per fare qualcosa. Lei si chiama Paola.

"Paola!", dico appena entro a casa.

"Paola!", ripeto ad Alma.

"Paola!", dice Dummì, e mi si scaraventa contro. Pensa che sia una parola di gioia per l'essersi ritrovati; ed è così. Lo porto in braccio verso l'unica finestra che dà sulla strada e gli indico il suo palazzo. Poi me lo spupazzo per tutta la casa, e a un certo punto quasi inciampo: un cumulo di buste, sacchetti e borse di tela fiorata non è un set di rigide con beauty case. È il segno di un viaggio diverso, che in ogni caso sarà doloroso per qualcuno.

Alma dice: "Domani abbiamo il treno prestissimo".

"Allora non perdiamo tempo, faccio io, andiamo all'Edenlandia!"

Il trenino del Far West è il treno più rassicurante che abbia mai preso: ti fa fare un bel giro ampio e poi ti riporta al punto di partenza. Io e Alma mangiamo una pizza piegata a portafoglio, chinate in avanti, con le mani a pinzetta per fare i minori danni possibili; e Dummì ci fa un resoconto accurato del Grand Canyon.

"Come stai, Alma?"

"Sto così così, bene no, ma sentivo che stava finendo tra noi e sapevo che se finiva dovevo andarmene. Perché al casello non lo so".

"Perché al casello... è così importante questo?"

"Senti, io non ho una vita sistemata come la mia mamma, o come te che fai la precaria, allora? che mi domando? Forse manco me lo ricordo come sono arrivata qua, non l'ho scelto io, forse manco me lo ricordo come ho avuto Domenico, da chi l'ho avuto. Però mo' ce l'ho, mo' sto qua, se penso a dieci anni fa, io sono la stessa, solo stavo a Santo Domingo. Non so come si decidono le cose, però so che a un certo punto cambiano e io ogni volta penso: là è cambiato, oggi è cambiato. Perché, non lo so".

È confermato: mi faccio troppe domande, e quasi tutte sbagliate.

Oggi ci vorrebbero due cuori: uno per congedarsi come si deve da questo bambino e da sua madre, e un altro per aspettare la telefonata di Paola.

Mi arrango con uno e chiamo il tassì. Intanto mi lamento a bassa voce di non avere il cellulare, perché io a questi due li accompagno alla stazione. Ma nei sei minuti che ci separano da Bologna 7, Paola mi chiama: "Hanno aperto un nuovo pezzo di metropolitana, andiamo a vederla?"

Certo che sì.

Nel tassì, Dummì è tranquillissimo, un po' assonnato, la stazione invece è frenetica e anche molto allegra: oggi tutte le donne e gli uomini emigrati qui dall'est hanno il giorno libero e si incontrano alla stazione, mangiano e bevono, bevono tantissimo. I nordafricani che bancarellano ne approfittano per fare la corte alle bionde stangone: tra qualche anno questa città sarà abitata da tanti piccoli Dummì, per fortuna.

Offro ad Alma un supplemento intercity, almeno questo, e li lascio sul binario. Alma mi dice: "In boccallupo!"

Sì. In bocca al lupo mangia-frutta.

Noi siamo abituati così: usiamo la metro se abbiamo tempo, perché se andiamo di fretta non conviene. Ci dissero che, data la stratigrafia del suolo, sarebbe stato facile aprire altre stazioni, e cominciarono un cantiere.

Per quindici anni, senza conoscerci, io e Paola abbiamo visto in questa piazza le lamiere di un cantiere.

E ora ci appare la fermata della metro in rosso pompeiano: centinaia di turisti ne emergono come se fosse normale. Questi europei non sanno che, per arrivare qui rombando, hanno interrotto più volte le lezioni di Betta sugli Ecosistemi; adesso si affrettano verso il Museo Nazionale, e nemmeno questo sanno: che la vera attrattiva della piazza è la metro.

Io e Paola ci facciamo i giri sulle scale mobili e ci indichiamo, sorprese, i cestini per le carte.

2.

Mi ha regalato una belladinotte.

È arrivata di sera, mentre io stavo qui a sentirmi vecchia, a guardare il pesce scongelarsi.

"Ciao!"

"...Ciaao..."

"Ti ho portato questa!"

"Ah. Grazie..."

Mi trascino le pantofole e la pianta in cucina dandole le spalle; nello specchio dell'ingresso la vedo riflessa, mentre chiude la porta sorridendo. Torno al mio posto di combattimento.

"Da quanto ti sei insediata qui?", fa lei.

"Da quando ho deciso che avrei mangiato l'orata per cena: l'ho messa nel piatto per farla scongelare, e non mi sono alzata più", rispondo io, puntando i gomiti sul tavolo per appoggiare la testa sui palmi.

Paola intona "comm' me pesa 'sta capa, nè", e si va a prendere un goccetto freddo del caffè delle cinque, poi si lancia in poltrona:

"Oggi ho cercato tutta la mattina l'ufficio per le politiche giovanili, sta in un vicoletto sopra a tutto, a Materdei, mi sono persa cento volte; poi ho chiesto in un forno per l'indirizzo, e il panettiere, dal bancone, ha detto: 'Alle mie spalle, signurì. Vedete come sto io?: alle mie spalle', allora sono uscita, ho girato intorno al palazzo sempre cercando di posizionarmi il panettiere nello spazio. Poi ho seguito due muratori che profumavano di mortadella e per la strada c'era sempre gente: ma non lavora nessuno in questa città?"

"Io ho lavorato", faccio sprucida. Senza cambiare posizione guardo la belladinotte che ho davanti.

E la pianta mi fa male: "Non era proprio il caso", la indico con lo sguardo, "non è manco stagione".

Paola continua: "Finalmente sono arrivata al palazzo, e il signore che camminava nell'androne prima di me è passato davanti all'ascensore e gli ha sputato contro, proprio *sputato*: 'puh, sta semp' scassata!', così è iniziata la giornata; ma la tua è andata di sicuro peggio, a giudicare dalla convinzione con cui vigili sul pesce".

Sono costretta a ridere e inizio a recuperarmi, ma lei non ha finito: "Comunque sono riuscita a fare tutto quello che dovevo fare, e mentre scendevo dall'autobus, al ritorno, il controllore mi ha guardato le gambe e ha detto : 'i' che bella jurnata!', e l'autista gli ha risposto: 'le femmine sono belle di notte, non di giorno'. Così mi sei venuta in mente tu e ti ho comprato questa; perché tu sei molto bella di notte".

Sorrido alla pianta e lei fruscia un po', allora infilo un dito nella terra e la sento asciutta, farinosa: "Questa va travasata", dico. E mi alzo.

La depressione dà i suoi segnali di ritirata in questo modo, ti lascia ritrovare i particolari: per quanto mi riguarda, se riesco ad accorgermi di una foglia gialla, di un parassita nuovo, allora il peggio è passato.

Quando torno in cucina, Paola sta imbottendo l'orata di prezzemolo e aglio. Non c'è niente di più bello di una persona che ti prepara da mangiare; lei, poi, ha veramente delle gambe fantastiche.

***

Paola perdeva le sue giornate sballottata da un ufficio all'altro perché aveva fatto un conto: i posti che gli asili statali potevano offrire ai bambini erano meno dei bambini.

Poi, lanciando un'occhiata nell'androne del Provveditorato, aveva visto che il muro dedicato alle graduatorie delle materne era tragicamente tappezzato di nomi. Coniugando le due cose aveva deciso di aprire un asilo di quartiere, sul modello di quelli francesi, e la cosa che aveva detto più volte, da quando aveva deciso di fare l'asilo, era stata "vaffanculo".

La proposta più lusinghiera che aveva ricevuto era stata quella di una consigliera comunale: "Sì, effettivamente io e l'assessore abbiamo studiato tutto il possibile, ma non abbiamo trovato niente, non abbiamo capito quale possa essere la strada per farlo, fai una cosa: tu scrivimi il progetto e dammelo per via informale, senza firmarlo, poi io lo presento in commissione e ti faccio sapere".

Paola non è una che manda la gente a fare in culo senza motivo: è una ricercatrice di scienze politiche e lavora a un piano di sviluppo regionale. La sua personalissima interpretazione della parola "sviluppo" non la porterà lontano, ma viene a conoscenza di tutti i fondi europei stanziati per le regioni del sud, e con una relazione dettagliata di duecentotrenta cartelle ha avuto l'accesso a uno di questi fondi . Nel tempo che i commissari europei hanno impiegato a leggere la relazione, Paola ha scavalcato il gap spazio-temporale che divide la nostra città da Strasburgo.

Io non l'ho letta; quando me l'ha messa in mano l'ho girata in tutti i sensi e le ho chiesto: "Ma più o meno che hai detto?"

"Ho detto che questa è una città prolifica, che vomita bambini dai portoni a tutte le ore e sbaraglia qualunque altra città europea per abbandono scolastico dei primi cicli... diciamo che questo è un mio cavallo di battaglia".

Così adesso siamo qua, a mezzanotte passata, a lavare i pavimenti di questo appartamento che il Comune ci ha assegnato, pescandolo dai suoi beni confiscati. Dopo aver pittato sui parati fiorati, e aver fatto riconvertire la vasca da bagno nera dai piedi leonini in una serie di piccoli wc, ci resta da inventarci una storia che giustifichi la porta, blindatissima, fucsia, perché farla cambiare costa troppo. Alle bambine piacerà sicuramente.

L'aria è bella, presaga di estate, e profuma di gerani, ma nel quartiere sono sospettosi: c'è un uomo, che dal palazzo di fronte mi sta guardando. Comincio a lavare i vetri, mi tolgo le scarpe e salgo sulla soglia di pietra che a quest'ora è ancora calda, pulisco le lastre e lascio scorrere giù l'acqua in quantità, sbircio, e l'uomo è ancora là a guardarmi; mi sento oppressa da quello sguardo senza diritti sulla mia notte. Forse Paola si trova nella mia stessa posizione, qualche finestra più in là, e quindi l'intruso può guardarla, mentre costruisce la sua idea, mentre suda la sua fatica, mentre è felice... faccio per chiamarla a voce alta; ma la mia voce viene sommersa da un urlo del piano sottostante : "Eeeee che maronna!! ccà stà scennenno acqua a lavarun', accumminciamm' bbuono, accumminciamm'. A chest'ora 'e notte..."

Bisogna comprendere la signora: non ha gradito il cambio di destinazione dell'immobile.

***

Conto le mattonelle che fanno la mia casa. Ogni mattonella è venticinque centimetri, per venti mattonelle sono cinque metri. Conto di lungo e diventano metri quadri, poi aggiungo l'ingresso e la cucina, aggiungo il bagno con il piatto doccia: anche quello è suolo calpestabile. Poi mi siedo, poi mi rialzo, mi trucco e l'aspetto. La blocco sulla porta: "Vieni a vivere da me?"

"Sì".

"È un trasloco semplice, si tratta di attraversare la strada..."

"Sì..."

"E poi stai più vicino alla palestra".

"Sì".

"Quando hai deciso, poi mi fai sapere".

Quella sera stessa ha iniziato il trasloco della sua roba. Non so quanto le sia costato, lei non mi dice mai come vanno le cose, o se le cose vanno. Però mentre prendeva l'ascensore ha fatto: "La vera stronzata che hai detto non è stata quella della palestra, ma quella che si sarebbe trattato solo di cambiare il lato della strada".

Lei fa anche sempre così: lancia le frasi quando sa che non avrai il tempo di risponderle; mi sono trovata ad argomentare, infatti, con l'ascensore.

Nei giorni seguenti, quando ormai i mazzi di chiavi erano due, e c'erano due tipi diversi di latte nel frigo, ogni volta che sono tornata a casa dopo il lavoro ho avuto paura di trovare la casa più stretta, troppo stretta.

Invece la casa si è dilatata. Per ogni cosa di Paola è nato un nuovo spazio, per ogni suo passo una nuova mattonella, l'odore del suo corpo e del suo deodorante rendono l'aria del bagno leggera, i clacson si zittiscono quando lei parla, e sebbene la scuola sia al termine e il sole inizi ad arroventare i palazzi, a dispetto dei termometri delle farmacie che ci lampeggiano già i trentadue gradi, la temperatura in casa nostra si mantiene intorno ai venti. Anche con il balcone aperto.

***

Il mio lutto inizia dove la scuola finisce. Giugno: mi accuccio in casa e soffro il dolore della perdita. L'idea che a settembre probabilmente ricomincerò mi sembra remota come se appartenesse a un'altra vita: il mio posto è già di un altro, quasi sicuramente migliore di me.

Altro Migliore dirà ai bambini: "State indietro con il programma, ma la maestra dell'anno scorso che è venuta a fare?"

Cancellerà con impietosi segni rossi i libri di testo che ho scelto. Poi piscerà sulle mie viti americane finché seccheranno in pozze di ammoniaca.

L'acqua della precarietà che ad Alma sembra un porto sicuro è ferma perché ristagna. Io ci ho galleggiato ancora quest'anno scolastico e la sento una condizione adatta a me. Paola me ne rinfaccia il comodo e la rassegnazione, dice che sto in casa come uno spettro, dice che non esisto, e se esisto dico cose sbagliate.

Ma per me è finito lo stipendio, finito l'anno, finito il mondo esterno; per lei proprio adesso inizia a svolgersi.

Tutte le energie che mi restano servono a raccogliere cataloghi nelle agenzie di viaggio. Mi lancio in sommatorie di quote d'iscrizione, tariffe aeree e doppie d'albergo: il mio rapporto con Paola e la mia casa, la mia paura e la mia noia, si calcolano facilmente aggiungendo i supplementi alta stagione e le tasse aeroportuali, sempre moltiplicato due. Ma Paola si ostina a dividere tutto, Paola è assente, impegnata in altro. Io mi raggomitolo nel letto, fumo a grandi boccate dal balcone e vado sempre meno in palestra; lei salta da un capo all'altro della città, mangia solo yogurt con lo zero virgola uno per cento di grassi e lancia intorno sorrisi fascinosi.

Per ogni volta che mi è sfuggita, aggiungo una notte di vacanza.

Le presento il programma di un viaggio, mi fa: "Fai troppe proposte e quasi sempre sbagliate, checcazzo aiutami con l'asilo, ho troppe cose da fare".

Dico: "Da sola non ce la fai, ti serve una segretaria. E poi una vacanza con me".

"Sì, mi serve una segretaria. Ti viene in mente qualcuno?"

Non posso concentrarmi se mi taglia le frasi e le sinapsi con tanta cattiveria.

Penso ad Alma. "C'è una ragazza-madre che avrebbe bisogno di un bel lavoro in nero, sai, una di quelle cose che danno sicurezza e cittadinanza".

"Mi serve qualcuno che sappia almeno l'italiano".

"Questa lo sa, lo sa meglio delle madri con cui dovrà avere a che fare, magari le telefono a Roma e vedo se le va di venire, ok?"

"Ma sa anche scrivere l'italiano?"

"Meglio di come lo parla! Dovresti leggere certe lettere!" Qui mento spudoratamente, ma l'idea di rivedere Dummì già mi lenisce un po' l'anima. "Però, Paola, io sento comunque di poterci essere".

"Benissimo", fa lei, "posso sapere quale è il tuo ruolo?"

Ho una lista, me la sgrano in mente come un rosario.

agire / non agire

uomo / donna

padre / madre

presenza / assenza

"Non è che non voglio venire in vacanza con te, ma non ci voglio venire adesso, non quest'anno. Adesso il mio posto non è con te su una spiaggia, io ho bisogno di un tempo diverso, io sto in un'estate diversa".

"Io non capisco", le dico, "non ti capisco". Ma ho capito.

Allora con un coraggio da leoni mi strappo da lei, e in ventiquattr'ore parto. Prima di andare via, seguendo il rituale del dolore, litighiamo.

Così il distacco ci sembra più necessario.

***

Di tutta quest'estate ricordo due lettere: erano arrivate in buca il giorno in cui io sono partita per Forte dei Marmi, e Paola me le ha inviate insieme, all'indirizzo che le avevo dato. Ho conservato con cura la busta esterna, quella con la grafia di Paola, per cercarvi una frase e un senso; ovviamente non ci ho trovato che le sole due lettere chiuse.

La prima era di Alma e l'altra del Provveditorato: il Provveditorato ogni agosto, da tre anni, mi scriveva una lettera piena di numeri, così ho letto quella di Alma sulla spiaggia e conservato l'altra per la sera.

Ero ospite di un emiliano singolare, che mi aveva spiazzato perché non mi aveva cercato nulla quando avevamo diviso il letto, per un convegno a Capri. Libero ed etero: non doveva essere stato un caso che mi fosse venuto in mente di autoinvitarmi da lui proprio quell'estate. Ad ogni modo mi avevano destinato un'intera dependance della villa di proprietà, e un intero lettino sotto l'ombrellone di famiglia: in pole position sul mare. Appena sono rimasta in costume il mio ospite mi ha chiesto: "Tu non vai mai in palestra?"

Ottimo.

Non ho fiatato e mi sono lanciata pesantemente sulla sdraio per immergermi nella lettera. Iniziava con uno scarabocchio di Dummì, poi continuava Alma: che sarebbe arrivata a ferragosto per conoscere Paola, per trovare un posto in cui stare, e per spezzare le gambe allo stronzo. Mi è sembrata una lettera piena di buoni propositi.

Il mio programma di nuotate è finito prima di iniziare, perché mi sono stancata del mare prima di arrivare in un punto in cui non si toccasse, se esiste un punto simile su quel litorale: dopo essermi trascinata per chilometri verso il largo, ho avuto la sensazione di raggiungere la Sardegna a piedi, mi sono spaventata e ho deciso di tornare indietro.

Nel tardo pomeriggio mi sono congedata da quei bagnanti-a-metà e sono andata nella dependance a fare la doccia; è stato allora che ho letto l'altra lettera: era una raccomandata, e diceva che ero stata nominata di ruolo.

Dopo tredici anni di messa a disposizione, due di scuola privata, sette di supplenza, e due concorsi abilitanti, Io Una Sera A Forte Dei Marmi Sono Passata Di Ruolo.

Mi si è spalancato il mondo davanti, e il mondo aveva la cadenza regolare e rassicurante di un accredito mensile dello Stato ogni anno, per tredici volte l'anno.

Subito ho pensato di telefonare a mia madre. Quando ho saputo di non poterlo fare, ho anche saputo di non poterlo dire a nessuno.

Allora sono andata sulla spiaggia umida e rastrellata di fresco: ho camminato fino alla battigia proiettando ombre sempre più lunghe davanti a me e trascinando i piedi in montagne di sabbia. Avrei voluto bere tutta l'acqua del mare fino a vomitare il dolore. Avrei voluto mangiare tutta la sabbia fino a soffocare.

Invece ho raccattato un mozzicone di sigaretta, forse l'unico fino a Viareggio. Il bagnino che stava pulendo mi ha raggiunto di fretta con aria mortificata porgendomi la paletta.

"Piuttosto", gli ho detto, "hai da accendere?"

Sono tornata a casa senza incontrare nessuno, ho attraversato la verandina a vimini nell'aria cortese delle otto; chi mi ha visto non mi ha chiesto niente, e chi mi ha salutato lo ha fatto con un cenno silenzioso per reimmergersi subito nella lettura: il cerimoniale prevedeva che le comunicazioni fossero sospese fino a ora di cena.

***

La discrezione dei miei ospiti puzzava di indifferenza, ma mi tornava molto comoda, poiché altrimenti avrei dovuto socializzare con un branco di quarantenni disperati, troppo ricchi per fare gli adolescenti in gita scolastica. Se non fossi stata invitata all'arte divina della bicicletta, avrei finito per credere anch'io di divertirmi, o per farne almeno le mosse. Ma Umberto mi ha portato in giro per le strade piatte e uniformi come il mare che costeggiavamo, aspettandomi agli incroci. Quando ho finto di essere stanca di pedalare mi ha portato sulla canna; quando gli ho detto di essere stanca di quel mare basso, mi ha portato in gita sulle colline, e poi a pranzo sotto un pergolato, a mangiare cacciagione da due vecchi molto teneri.

Bevendo e mangiando non ho pensato a nulla se non a bere e mangiare. È stato così facile vivere, quel giorno, che ho sentito nel ventre un sentimento di tenerezza e gioia che mi ha fatto sudare e mi ha riportato a vecchie sensazioni. Nel baciarlo ho desiderato le sue mani dappertutto, subito. Ma abbiamo aspettato prima di arrivare a casa.

All'imbrunire me ne sono andata a spasso da sola, mi sono seduta a un caffè e non ho contato i soldi prima di ordinare: "Può portarmi anche un pacchetto di sigarette e una scheda telefonica?"

"Subbito, signó". Non doveva essere nato più a nord di Gaeta.

Quella scheda mi è rimasta in tasca per qualche giorno, poi l'ho usata: "Pronto, Paola?"

"Ciao... ciao!"

"Senti, io..."

"Non dire niente, non dire niente, piuttosto torna".

"Ho avuto il passaggio in ruolo..."

"Lo so: mi ha chiamato Elisabetta".

"Ah... e che ti ha detto?"

"Ha chiesto se sei contenta lo stesso..."

"Alma ti ha contattato?"

"Sì, è arrivata: Dummì per prima cosa ha scalato il letto e si è addormentato".

"Il mio letto?"

"Sì, sì, il nostro letto. Ma comunque hanno già trovato un posto dove stare. Io... praticamente sto dormendo all'asilo".

"Tanto che hai da fare?"

"Non ce la faccio senza di te che mi dici che non ce la faccio".

"Vabbè, allora preparami una brandina all'asilo. Ti chiamo quando torno..."

Quella sera è iniziato il temporale: mentre dicevamo stronzate molto ben dette intorno al tavolo del biliardino. Abbiamo recuperato la pallina e ci siamo riparati sotto la veranda del lido che era poca cosa, veramente poca. Era poca cosa contro il sole e meno contro la pioggia.

"Io non avevo mai visto una che gioca con una sola stecca per volta, dico, ma c'hai dù mani?"

Si parlava di me.

Il suolo drenava male l'acqua che saltava fuori dai tombini incapaci, e c'è stato un gran salire in piedi sulle sedie d'alluminio del lido. Accanto a noi una coppia di fidanzati si è tenuta stretta stretta senza chiedersi mai come fare per andare via. Io avevo perso un sandalo di sughero in un rivolo di melma, e accovacciata sulla sedia, molto bagnata e stretta a nessuno, ho deciso che l'indomani sarei tornata a casa.

Per scappare con il primo treno utile ho viaggiato tutto il giorno lungo la dorsale tirrena, cambiando in stazioni impensabili. Poco dopo Roma ho guardato l'orologio e mi sono trovata in perfetta sincronia con l'eurostar che avrei potuto prendere comodamente a ora di pranzo: mentre aspettavamo fermi su un binario di servizio che ci sorpassasse, ho saputo che non avevo avuto fretta di arrivare a casa, ma di partire da Forte, poiché la decisione di farlo aveva fermato il tempo e aveva portato, già tutta in sé, il senso del ritorno.

All'arrivo la notte mi accoglie con le sue braccia calde; poiché non confido nei notturni mi avvio a piedi: i vicoli annodati mi proteggono fino a casa. Nei bassi si dorme con la mezza anta aperta sulla strada, qualcuno ha rinunciato a combattere il caldo e fuma seduto nei portoni, ovunque bande di ragazzini. Nessuno qua si è rassegnato a pensare che quando una città supera il milione di abitanti diventa impossibile sapere tutto di tutti, e così ci guardiamo l'un l'altro, incuriositi ma fiacchi: loro mi frugano nella valigia, io frugo nelle loro case, tutto per un attimo, il tempo di passare. Non dorme nessuno.

Anche casa mia è arroventata, accendo la tv e mi lancio sotto la doccia, il telegiornale manda un servizio sulle città svuotate dal caldo. Ma le immagini mostrano solo Roma e Milano.

***

Non ho mai avuto una festa a sorpresa: credo di non averne mai dato il tempo a nessuno. Per paura che passasse inosservato qualcosa di importante per me, ho sempre annunciato con largo anticipo i programmi dei festeggiamenti. E ho festeggiato sempre, anche quando non avrei voluto; per la paura che scomparire agli altri significasse scomparire davvero.

Oramai da giorni subodoro nell'aria i segnali di una festa a sorpresa: Dummì mi racconta dei fatti che non coincidono mai con le versioni degli adulti, e Paola mi rivolge domande sospette... alla fine ne ho scoperto sia il giorno che il luogo.

Paola mi ha chiesto di portare dei registri all'asilo. Arrivando noto chiaramente dalle finestre un movimento veloce di sagome; impiego più tempo possibile a salire le scale ma distinguo le voci di tutti, sono un disastro: quando metto la chiave nella porta la trovo aperta.

Io sono più preparata di loro: a fingere sorpresa, a sorridere, ringraziare, e anche ad alzare un po' il gomito benché sia pomeriggio. Spero che Paola abbia comprato le sigarette che piacciono a me.

3.

Ci siamo preparate. Tra le macerie dello scorso anno abbiamo eretto una fortezza di piani per l'offerta formativa, ci abbiamo scavato intorno trincee di programmazioni, il nostro condottiero Elisabetta è stato affiancato da una "figura obiettiva", abbiamo lanciato dardi alla centrale, al Comune, alla Nettezza Urbana, al Presidente della Repubblica. Abbiamo ispezionato l'arsenale di gessi e cartoncini colorati, e ci siamo dichiarate pronte a tutto entro e oltre le direttive ministeriali. Ma ci hanno battuto.

Il quartiere è tutto intorno a noi e ci stringe d'assedio: i bambini che ci manda sono piccoli ostaggi malmenati, e sono pochi. Il quartiere li manda per mostrarci la sua potenza: le nostre ore finiscono, loro restano e fanno dei bambini ciò che vogliono.

Così l'inizio della scuola è stato un inferno, un gioco di forze. I bambini sono arrivati confusi e isterici dalle modalità di morte dell'ultimo ammazzato. È il fratello di Antonella, è stato raggiunto sul motorino da due proiettili di un altro rione. I bambini esplodono in racconti dettagliatissimi, hanno visto tutto. E hanno visto anche di più, perché il cadavere è rimasto un giorno e una notte esposto al centro del quartiere, amorevole ostaggio della tribù.

Poiché i miei alunni di terza hanno otto anni, e sono grandi, li hanno tenuti svegli dietro i loro macabri rituali, e anzi, che vedessero per monito; così per monito hanno prodotto almeno quindici potenziali killer. Quindici ne ho sentiti commentare che loro avrebbero fatto, non detto, fatto.

Se oggi riusciremo a riportare un po' di serenità, avremo compiuto una missione eroica; le materie sono un optional, come l'aria condizionata delle auto. Noi guidiamo un trattore, l'aria ci sputa in faccia.

Ma i bambini non sono in grado neppure di scegliere un gioco. Tutti i tentativi democratici di stabilirne uno falliscono in piccole risse e isolamenti. Negano le mani alla conta: sono tutti lupi, non c'è frutta da mangiare.

"Mio fratello ha detto che se ne deve scappare da qua", fa Luisa, io vorrei dirle di scapparsene via con il fratello, ma la descrizione dei pezzi d'orecchio mi ha preso allo stomaco, e allora sono io che corro veloce verso il bagno. E vomito.

Elisabetta convoca d'urgenza una riunione con le mamme, che va deserta; in compenso arrivano alcuni padri a dirci che le mamme devono piangere, e per i vivi non hanno tempo. E che comunque noi dobbiamo pensare alla storia e alla geografia.

Va bene.

***

Se non avessi terrore per la gastroscopia, avrei aspettato la pancia per scoprire di essere incinta. Quando si vive con una donna a certe cose non si pensa più. Non c'erano presupposti mentali per questo concepimento, quelli chimici forse sì, ma l'avevo scordato: avevo organi che non mi appartenevano. Poiché una provetta di farmacia è tanto meno invasiva di una sonda che ti calano giù per il collo, mi sono convinta che valeva la pena di provare. È stata la portiera a chiedermelo, quando mi ha visto vomitare nell'androne del palazzo:

"Professoré, ma fosseve 'ncinta?"

"Ma quale incinta, signora Calemme, mi sono prenotata la visita al policlinico".

Incinta. Per la signora Calemme è una condizione plausibile: una donna di trentadue anni che vomita non ha un cancro allo stomaco, è incinta.

Perché ho prenotato una visita dall'enterologo? Davvero sono anch'io capace di concepire un bambino? Salendo le scale mi rendo conto che non c'è verità più ovvia e che la portiera, che non vive nelle mie complessità, ma nella guardiola, mi ha mostrato un'immagine di me più onesta di quella che io stessa mi attribuisco.

"Alma! Di che colore è questa provetta?"

"Sei incinta".

"No, sembra blu, però se la metto così a favore di luce, va nel viola, vedi?"

“Sei incinta”.

“Ho aspettato venti minuti, secondo te cambia ancora di colore?”

“Sei incinta”.

“Secondo te sono incinta?”

“Sì, ma sicuro, poi vomiti sempre. Ma le mestruazioni, ti vengono?”

“Le mestruazioni...”

Non mi venivano, in effetti, ma non lo avevo registrato con stupore: me ne ero dimenticata, come se il mio corpo potesse star sperimentando nuovi modi di essere.

Ho segnato le mestruazioni sul calendario finché mi sono tenuta stretta la mia identità, poi ho perso il vizio.

Alma mi ha aiutato moltissimo con il suo solito stile di non fare domande; anche lei, come la portiera, non si è affatto meravigliata.

Ho scelto un pomeriggio cattivo per dirlo a Paola. Io innaffiavo le piante e Dummì veniva a sporcarsi i piedi nella melma che filtrava dai vasi. La madre urlava e lo minacciava di infilargli i calzini: di fronte a tale crudeltà Dummì ha cominciato a scalciare a più non posso piedate nerastre sulle nostre lenzuola. Io l’ho calmato dicendogli che anche i calzini si possono sporcare, ma Paola a quel punto è rientrata e si è incazzata tantissimo. Non è stato un momento sbagliato, solo un momento cattivo; l’ho buttata lì perché speravo che si ripetesse per la terza volta il miracolo della nonmeraviglia: “Paola, aspetto un bambino, da agosto”.

Mi guarda: è bellissima; poi se ne va senza dire una parola.

Alma si porta via il bambino mormorando: “Ma perché fa così?”

Forse pensava che lo avessi fatto con lei.

Quando Paola torna, mi getta il pacchetto di sigarette dal balcone. Per lei significa aver accettato la cosa e preso in mano la situazione. A me sembra una vendetta, e resto tutta la notte affacciata per vedere come è fatto il fortunato che le raccoglie.

***

Insegno ai margini di una pista di decollo: le vibrazioni e i rumori sono parte costitutiva della scuola, elementi che i miei sensi non avvertono. Quindi mi ci è voluto un bel po' per comprendere di cosa Paola si lamentasse. Lei e il suo asilo.

Era un condizionatore d'aria, o meglio, una teoria di condizionatori che partiva dal suolo per arrampicarsi fino al piano sottostante l'asilo.

Paola aveva già stralitigato con il gestore del negozio che attentava al suo sistema nervoso: gli aveva promesso, ritirandosi, un'incursione del tecnico legale a stabilire l'entità delle vibrazioni. La parola *legale* aveva fatto rizzare i capelli a lui, ai commessi, e alla cassiera: si attendevano rappresaglie. Alma, che un tempo se ne intendeva, ne aveva individuato con certezza un negozio di copertura.

Così io sono stata inviata a fare opera di conciliazione, scudo la pancia, intoccabile.

Inoltrandomi nel locale, straripante di merce e deserto di clienti, rivestito fin sul soffitto con radica di noce, noto strane armature da robivecchi tirate a lucido e riproduzioni di armi anno mille. Allora attacco sulla lusinga culturale: "Vedo che lei è un medievalista".

"Sì", fa lui inorgoglito, "sono un discendente di Carlo Martello".

A quest'affermazione lo comprendo tutto, glorioso nome prestato alla camorra. Arrivo al dunque svicolando tra la pancia, i condizionatori e Poitiers, e trovo un accordo: un tecnico privato, pagato da noi e cuscinetti d'aria, pagati da lui. Alla fine mi invita alla sfilata di non so chi a Capri: rifiuto, indicandogli il pallone che ho sotto il seno.

Da allora Paola e Carlomagno si ignorano, e a me è garantita protezione perenne, nonché una certa facilità nel cambiare gli assegni.

Queste notti sogno spesso di fumare. Inalo lunghe boccate dense che mi rilassano, è tutto facile e naturale. Poi all'improvviso ricordo di non doverlo fare e mi sorprendo di averlo dimenticato, ma visto che oramai ci sono, fumo ancora. Quando mi sveglio ho la nausea, mi guardo l'ombelico, mi sento strana in un mondo strano.

La camorra è ovunque, la mia pancia inizia a tendersi in questo mondo strano. È nell'aria fresca e iodata del condizionatore, nella tintura delle donne obese e violente, nella loro difesa offensiva. Poi ci sono i piccoli soprusi dei piccoli guardiani di piccoli mondi, il favore che ti fa complice, l'infanzia sfracellata, e il rombo degli aeroplani a coprire tutto. In questo mondo la mia pancia si gonfia: non è facile di notte.

Mi prende allo stomaco e mi fa vomitare.

***

In palestra ho recuperato il fiato, adesso mi appiattisco nello stretching come un maestro di yoga, e imparo a controllare quello che resta dei miei poveri muscoli addominali.

Li contraggo per abbracciare mio figlio.

Ogni donna che mi è passata davanti conosceva una cosa in più che io assolutamente non avrei dovuto fare.

Ho aspettato invano qualcuno che mi dicesse di lasciare stare e non preoccuparmi, ché i bambini crescono anche se non ci pensi.

Per di più mi coincidono i trimestri scolastici con quelli di gravidanza: così sono arrivata sempre tardi alle riunioni, e all'ordine del giorno, per tutto l'anno, c'è stata la mia ultima ecografia. Le maestre se la passano sui banchi per le loro esplorazioni anatomiche, e anche lì, giù consigli di propoli e pappe reali. Un alveare.

Io scambierei tutta questa salute con una bella pippata puzzolente in un locale fumoso.

Poi è venuta la questione del nome.

"Come lo chiamiamo?", mi fa Paola un giorno con il calendario in mano.

"Non so... io sono all'antica, ci vorrebbe il nome del nonno paterno..."

"Allora telefona a Umberto e chiedigli come si chiama suo padre..."

"Ma sei scema?", faccio io ridendo. "Che c'entra Umberto adesso?"

"Se sei all'antica allora chiama il padre genetico e chiediamogli questo nome... forza!"

"Ma che gli dico? Non l'ho mai chiamato!"

"Forza, forza... dov'è il numero?"

Pronto? Umberto?

...come stai? bene?... sì è vero, sì...

...no, ti chiamo adesso perché stanotte ti ho sognato...

...ma che porco: no!... ho sognato che passeggiavamo con tuo padre...

...vabbè, uno che nel sogno era tuo padre, e mi offriva da fumare...

...basta, finisce qui...

...sì, però devo giocarmi i numeri e devo sapere come si chiama tuo padre, quanti anni ha e così via...

...certo che cambia...

...Lorenzo? Che bel nome! E perché a te ti ha chiamato Umberto?

***

Da quando avevo capito di star fabbricando un bambino il tempo aveva cambiato dimensione più volte. Così che mi era difficile sapere con certezza a che punto stavo: dal concepimento alla scoperta avevo pensato ad altro, e quindi non si conta. Poi era diventato tutto rapidissimo, cose da fare, spazi nuovi da immaginare e progetti, progetti che snellivano le settimane riducendo quasi tutto il periodo a un singolo giorno ininterrotto di pensiero. Da gennaio, improvvisamente, ci eravamo fermati: questo bambino aveva preso una consistenza, e ora non cambiava più. Io avevo elaborato l'idea e adesso aspettavo di vederla concretizzata, ma l'acqua nella pentola non prendeva mai il bollo. La notte era lunghissima, durava ventiquattr'ore e si ricollegava alla successiva; la scandivano le pipì.

Sono sicura che gli ultimi quindici giorni siano durati quanto tutto il resto della gravidanza; comunque, sommando tutte le deformazioni di cui il tempo è capace, la mia attesa è stata all'incirca di nove mesi umani.

Ad aprile, al primo sole, invece di spuntarmi sul naso le lentiggini, mi si è macchiato di eritema tutto ciò che non ho coperto, e sono diventata intrattabile. Non sopporto più i bambini perché sono bambini, tantomeno sopporto gli adulti, che mi stavano stretti già prima. Paola è il mio bersaglio preferito, ma non c'è quasi mai. Trovo sollievo solo nella guardiola della portiera. Dopo la scuola divoro pane e frittata (da un mese mangio solo pane e frittata) e scendo dalla signora Calemme. La signora estrae dalla guardiola due seggiole, lei siede su quella bassa, che ha preso il marito a scuola quando faceva il bidello, e a me è riservata quella impagliata, comoda, perché sono in attesa e chi aspetta, si sa, merita. Stiamo sedute ai due lati dell'androne, come dei paracarri, e controlliamo entrate, uscite, traffici e marciapiede di fronte con piccolo scorcio, a favore di portiera, nel vicoletto. Io oramai scendo in camice e ciabatte, sono il suo alter ego giovane, lei mi consiglia come tenere le gambe per evitare che scoppino, e mi spiega tutto ciò che sa o che immagina su tutto ciò che ci circonda. Io la ascolto con interesse, interagisco poco, ma ho imparato a dedicare lunghe occhiate investigative ai miei coinquilini. Non so perché paghiamo questa portiera, che non smista la posta, lava poco o niente le scale, e si fa tutti i cazzi nostri, però sono contentissima così.

"Io lavoro di mattina, professoré, come voi, perciò il pomeriggio vi posso tenere compagnia".

"E certo, si capisce", dico io, e mi chiedo come faccia a sferruzzare un maglioncino in due giorni netti.

Lascia il lavoro solo quando l'amministratore le chiede di appendere un avviso in guardiola: non sa leggerlo, però sa capire in che senso appenderlo.

E quando le squilla il cellulare. È una specie di inno alla gioia che sgorga tra i gomitoli, lei fa: "È 'o mio, o è dd'o vuost'?"

"Signora Calemme, io non ce l'ho il cellulare".

"Allora è 'o mio!"

Io mostro di voltarmi discretamente verso la strada, o mi guardo le varici, ma tanto quasi sempre sono le figlie, dal palazzo stesso.

"Ve l'avita fà pure vuje, professoré", dice a conclusione, "è troppo bello".

Oggi, andando a scuola, l'ho incrociata, e subito mi sono rinfrancata: "Preparate la sedia, signora", le ho fatto.

"Professoré ma è maschio o femmina?", mi ha chiesto lei.

"Maschio, lo chiamiamo Lorenzo!"

"E quello si vede: avete la pancia appuntita, arrivederci!"

Quando sono scesa, nel pomeriggio, aveva avviato sui ferri un minuscolo golfino di lana azzurra.

***

È un lunedì, e il traffico aereo deve essere intasato: in sala professori ci sorbiamo il rollio dei motori sulla pista. La nostra sala professori è una sorta di guardiola sporgente nel cortile, al centro della stanza abbiamo unito alcuni banchi e stiamo lì, maestrine sfatte da un caldo precoce, sedute sulle sedioline.

Ha preso la parola l'unico maestro, che cerca di convincerci a non essere eccessivamente indulgenti con Cardillo, perché altrimenti l'anno prossimo sarebbe l'inferno: alla parola inferno qualcuno mi trafigge con una spada dalle cosce al collo. Io mi tendo all'indietro sulla sedia, il maestro comincia ad andare su e giù per la stanza ripetendo "maronn'e ll'arco bbella", quattordici maestre-mamme diagnosticano con certezza l'arrivo della mia prima contrazione. Spediscono Elisabetta a prendere l'auto, poi schiaffeggiano il maestro. Io lancio alla bidella grassa il numero di Paola pregandola di chiamarla, e mi fiondo in macchina respirando come un monaco zen.

"Nun ve ne 'ncaricate, signó, jate, jate!", fa la bidella. Il parto mi ha destinato alla categoria delle signore.

Elisabetta per prima cosa imbocca il raccordo della tangenziale nella direzione sbagliata: è una lingua serpentina che lecca tutta la periferia nord della città, riusciamo a lasciarla solo dopo molto tempo, e ingorghi, e dolore.

Betta cerca di essere rassicurante, ma non ha mai avuto figli, e così non ho motivo per crederle, intanto però il bambino avanza nella pancia, mi grava sul collo dell'utero... da dentro. Sorrido pensando al ginecologo, inghiottito dall'agenda, che aveva deciso quando e come sarebbe nato, non di sabato, non di notte, non mentre lui era al convegno.

Invece senza calendario e orologio questo bambino ha deciso quando venire fuori, senza bussola e senza luce si è girato, e ha trovato la giusta direzione.

È nato allo svincolo, siamo bloccate nel traffico e su di noi campeggia il cartello "zona ospedaliera".

Senza saperlo, so che tutto è andato bene. Il bambino urla immaturo sulla mia pancia, io gli tengo stretto tra le dita il cordone, a pochi centimetri dall'ombelico: di altro non sono capace. Elisabetta accanto a me in reggiseno, perché la maglietta ci è servita, piange a squarciagola da più di mezz'ora.

"Ma guarda a questi due", dico, "i' che concerto!"

Respiro a pieni polmoni e il bimbo si solleva con il mio petto, sento i nostri odori, di feci e di urina, di sangue e di muco, di vagina e di pianto. Il mondo è denso e il mio cervello bersagliato da milioni di neurotrasmettitori della felicità.

Quando arriviamo in ospedale sto espellendo la placenta. Nella corsia si combatte con gli scarafaggi, ma questo me lo racconteranno dopo.

Perché io ora sto dormendo e sogno di stare al porto, con le gambe giù dalla banchina, a fumare marijuana con mia madre.

Ringrazio Enzo Avitabile per "Asteco e cielo": per averla scritta, cantata, e prestata a me;

gli apprendisti editor dei corsi di minimum fax, quello di novembre e quello di febbraio: per i bastoni e le carote;

Alessandra perché voleva continuare a leggere, e Martina che mi ha spiegato come accontentarla;

Nicola e Marco, a cui questo libro appartiene quanto a me stessa.

E poi Francesco, per non essersene mai meravigliato.

INDICE

NICHEL (ULTIME USCITE)

10. Ernesto Aloia **Chi si ricorda di Peter Szoke?**
11. Valeria Parrella **mosca più balena**
12. Francesco Pacifico **Il caso Vittorio**
13. Riccardo Raccis **Il Paradosso di Plazzi**
14. Aa. Vv. **La qualità dell'aria** *Storie di questo tempo*
15. Christian Raimo **Dov'eri tu quando le stelle del mattino gioivano in coro?**
16. Paolo Cognetti **Manuale per ragazze di successo**
17. Aa. Vv. **Best off** *Il meglio delle riviste letterarie italiane. Edizione 2005*
18. Giordano Meacci **Tutto quello che posso**
19. Ivano Bariani **16 vitamine**
20. Valeria Parrella **Per grazia ricevuta**
21. Marco Mancassola **Il ventisettesimo anno** *Due racconti sul sopravvivere*
22. Aa. Vv. **Best off 2006. Letteratura e industria culturale** *Il meglio delle riviste letterarie italiane*
23. Ernesto Aloia **Sacra Fame dell'Oro**
25. Carola Susani **Pecore vive**
26. Antonio Pascale **S'è fatta ora**
27. Aa. Vv. **Voi siete qui. Sedici esordi narrativi**
28. Fabio Stassi **È finito il nostro carnevale**
29. Falcinelli & Poggi **L'allegra fattoria**
30. Elena Stancanelli **A immaginare una vita ce ne vuole un'altra**

I libri di Carver

1. **Racconti in forma di poesia**
2. **Da dove sto chiamando** *Racconti*
3. **Voi non sapete che cos'è l'amore** *Saggi, poesie, racconti*
4. **Vuoi star zitta, per favore?** *Racconti*
5. **Se hai bisogno, chiama** *Racconti inediti*
6. **Il nuovo sentiero per la cascata** *Poesie*
7. **Di cosa parliamo quando parliamo d'amore** *Racconti*
8. **Per favore, non facciamo gli eroi** *Saggi, poesie, racconti*
9. **Cattedrale** *Racconti*
10. **Blu oltremare** *Poesie*
11. **Orientarsi con le stelle** *Tutte le poesie*

Sotterranei (ultime uscite)

51. Julia Slavin **La donna che si tagliò la gamba al Maidstone Club**
52. Thom Jones **Ondata di freddo**
53. Charles Bukowski **Spegni la luce e aspetta**
54. David Means **Episodi incendiari assortiti**
55. Jonathan Lethem **Amnesia Moon**
56. Leonard Cohen **L'energia degli schiavi**
57. Lou Reed **The Raven**
58. Ethan Hawke **Mercoledì delle Ceneri**
59. A.M. Homes **Cose che bisognerebbe sapere**
60. Charles Bukowski **Santo cielo, perché porti la cravatta?**
61. Aa. Vv. **New British Blend** *Il meglio della nuova narrativa inglese*
62. Aa. Vv. **West of your cities** *Nuova antologia della poesia americana*
63. David Foster Wallace **La ragazza dai capelli strani** prefazione di Zadie Smith
64. Shelley Jackson **La melancolia del corpo**
65. Ani DiFranco **self evident** *poesie e disegni*
66. Charles Bukowski **Quando mi hai lasciato mi hai lasciato tre mutande**
67. Enrico Rava **Note necessarie** *Come un'autobiografia*
68. Lydia Davis **Pezzo a pezzo**
69. Rick Moody **La più lucente corona d'angeli in cielo**
70. Steven Sherrill **Il Minotauro esce a fumarsi una sigaretta**
71. Ali Smith **Hotel world**
72. Louis Armstrong **Satchmo** *La mia vita a New Orleans*
73. Peter Orner **Esther stories**
74. Suzanne Vega **Giri di parole** *Note di musica e scrittura*
75. Charles Bukowski **I cavalli non scommettono sugli uomini (e neanche io)**
76. A.M. Homes **Jack**
77. Donald Antrim **I cento fratelli**
78. Aa. Vv. **The best of McSweeney's** *Volume primo* a cura di Dave Eggers
79. Chris Bachelder **Orso contro Squalo** *Il romanzo*

80. Lester Bangs **Guida ragionevole al frastuono più atroce**
81. Sam Lipsyte **Venus Drive**
82. Charles Bukowski **Sotto un sole di sigarette e cetrioli**
83. Ray Charles con David Ritz **Brother Ray** *L'autobiografia*
84. Aa. Vv. **Songwriters** *Interviste sull'arte di scrivere canzoni. Volume primo* a cura di Paul Zollo
85. Rick Moody **The James Dean Garage Band**
86. Jonathan Lethem **Men and cartoons**
87. Ali Smith **Altre storie (e altre storie)**
88. Véronique Ovaldé **Gli uomini in generale mi piacciono molto**
89. Sarah Vowell **Take the cannoli** *Cronache dall'America vera*
90. A.M. Homes **La fine di Alice**
91. Viken Berberian **Il ciclista**
92. Sergej Šargunov **La punizione**
93. Steven Sherrill **La ragazza annegata**
94. Lester Bangs **Deliri, desideri e distorsioni**
95. A.L. Kennedy **Gesti indelebili**
96. Charles Bukowski **Il primo bicchiere, come sempre, è il migliore**
97. Olivier Adam **Passare l'inverno**
98. James Brown **I feel good** *L'autobiografia*
99. Sam Lipsyte **Il bazooka della verità**
100. Kurt Vonnegut **Un uomo senza patria**
101. Mark Strand **Il futuro non è più quello di una volta**
102. Philippe Vasset **Il generatore di storie**
103. Rick Moody **Cercasi batterista, chiamare Alice**
104. Isaac Asimov **I racconti dei Vedovi Neri**
105. Aimee Bender **Creature ostinate**
106. Charles D'Ambrosio **Il museo dei pesci morti**
107. Lewis Porter **Blue Trane** *La vita e la musica di John Coltrane*
108. A.L. Kennedy **Stati di grazia**
109. Kevin Canty **Tenersi la mano nel sonno**
110. Olivier Adam **Scogliera**
111. Jonathan Lethem **Memorie di un artista della delusione**
112. Nick Laird **La banda delle casse da morto**
113. Aa. Vv. **United Stories of America**
114. Aa. Vv.**Rock Notes. I grandi songwriters si raccontano**

Indi

1. John Perkins **Confessioni di un sicario dell'economia** *La costruzione dell'impero americano nelle confessioni di un insider*
2. Martin Howard **Sappiamo cosa vuoi** *Chi, come e perché ci manipola la mente*
3. Aa. Vv. **Sette pezzi d'America** *I grandi scandali americani raccontati dai premi Pulitzer*
4. Fidel Castro **Prima della rivoluzione** *Memorie di un giovane* líder
5. Giuseppe d'Onofrio **Buon sangue non mente** *Il processo alla Juventus raccontato dal "grande nemico"*
6. Aa. Vv. **Omicidi americani** *Da Kennedy a Columbine i grandi fatti di sangue raccontati dai premi Pulitzer*
7. Aa. Vv. **New York, ore 8.45** *La tragedia delle Torri Gemelle raccontata dai premi Pulitzer*
8. Angela Davis *Autobiografia di una rivoluzionaria*
9. Aa. Vv. **Catastrofi** *I disastri naturali raccontati dai grandi reporter*

FILIGRANA (ULTIME USCITE)

20. Ciro Ascione **Videogames** *Elogio del tempo sprecato*
21. Giordano Meacci **Improvviso il Novecento** *Pasolini professore*
22. Ben Okri **La tigre nella bocca del diamante** *Saggi, paradossi, aforismi*
23. Francis Scott Fitzgerald **Nuotare sott'acqua e trattenere il fiato** *Consigli a scrittori, lettori, editori*
24. Besito De Coco **Corazón** *Il cuore della musica cubana*
25. Bruno Ballardini **Gesù lava più bianco** *Ovvero come la Chiesa inventò il marketing*
26. Lillian Ross **Ritratto di Hemingway**
27. Ian Hamilton **In cerca di Salinger**
28. Renzo Paris **Ritratto dell'artista da vecchio** *Conversazioni con Alberto Moravia*
29. Anton Čechov **Senza trama e senza finale** *99 consigli di scrittura*
30. Raffaele La Capria **Cinquant'anni di false partenze** *Ovvero l'apprendista scrittore*
31. Raymond Carver **Niente trucchi da quattro soldi** *Come scrivere onestamente*
32. Flannery O'Connor **Nel territorio del diavolo** *Sul mistero di scrivere*
33. Lucio Del Corso e Paolo Pecere **L'anello che non tiene** *Tolkien fra letteratura e mistificazione*
34. Henry Miller **Una tortura deliziosa** *Pagine sull'arte di scrivere*
35. Alfonso Berardinelli **L'abc del mondo contemporaneo** *Autonomia, Benessere, Catastrofe*
36. Vittorio Giacopini **Fuori dal Sistema** *Le parole della protesta*
37. Anton Čechov **Scarpe buone e un quaderno di appunti** *Come fare un reportage* a cura di Piero Brunello
38. David Mamet **Note in margine a una tovaglia** *Scrivere (e vivere) per il cinema e per il teatro*
39. Raffaele La Capria **Caro Goffredo** *Dedicato a Goffredo Parise*
40. Jack London **Pronto soccorso per scrittori esordienti**
41. Lawrence Grobel **Colazione da Truman. Incontri con Capote**

stampato presso Graffiti srl – Pavona (Roma)
per conto delle edizioni minimum fax

ristampa	anno
18 17 16 15 14	2008 2009 2010